NORA GANTENBRINK

Dad

Roman • Rowohlt Hundert Augen

Originalausgabe
Veröffentlicht im Rowohlt Verlag, Hamburg, März 2020
Copyright © 2020 by Rowohlt Verlag GmbH, Hamburg
Satz aus der Abril Text, InDesign,
bei Pinkuin Satz und Datentechnik, Berlin
Druck und Bindung CPI books GmbH, Leck, Germany
ISBN 978-3-498-02535-9

Dad

«All paths are the same, leading nowhere.»

Carlos Castaneda

Prolog
Loch im Kopf

In meinen Träumen laufe ich vorbei an Knochensägen und Pökelsalz, weiter, immer weiter, bis ganz nach hinten in den Hof mit der Betonrampe, von der ich letzten Sommer heruntergefallen bin. Ich hatte ein richtiges Loch im Kopf. Das frische Blut war hellrot, das getrocknete dunkelbraun. Die Wunde wurde mit acht Stichen genäht.

Im Hof zeichnet die Sonne ein goldenes Dreieck auf den Beton. In dem Dreieck steht mein Vater und raucht eine selbstgedrehte Zigarette, obwohl er auch im Laden rauchen darf. Der Laden trägt den Namen unserer Familie. Ich setze mich auf die Rampe, ziehe die Beine an und bewundere meine Knie und meinen Vater. Meine Knie sind ganz weiß. Die Haut meines Vaters ist nie weiß, und seine Locken sind ganz weich. Er trägt den grauen Firmenkittel, aber er hasst den Kittel genau so sehr wie Lohnarbeit. Meine Mutter metert unten im Keller Schweinedärme in Salzlake ab. Mein Opa sitzt im Büro auf seinem Ledersessel und schreit. Mein Opa kann nicht normal reden, der kann nur schreien. Die anderen seien faule Hunde, schreit er immer. Und dass es um die Wurst geht, was ein Witz ist und gleichzeitig die Wahrheit.

Mein Vater dreht sich um und sagt etwas zu mir, aber ich kann nicht hören, was. Als hätte jemand in meiner Erinnerung den Ton abgeschaltet. Er schnippt die Zigarette fort und breitet die Arme aus. Von der Rampe aus lasse ich mich hineinfallen. Ich bin ganz leicht. Meine Arme legen sich um seinen Hals, und ich sehe meinen Sandalen beim Schaukeln zu, während er mich davonträgt. Meine Kindheit riecht nach Wurst. Dad nach Haschisch. Seine Locken kitzeln. Dann wache ich auf.

Den Laden, die Ehe meiner Eltern, meinen Vater, das alles gibt es nicht mehr. Aber das Kind, das seinen Vater sucht, bin ich bis heute geblieben. Geblieben sind auch seine Geschichten. Von den Drogentrips. Oder wie er als Student mal in einer Tiefgarage angeschossen wurde. Es sind Geschichten von Rauschgift, Wahn, langen Reisen und kurzen Affären. Ich kenne Bilder von meinem Vater neben Affen und auf Elefanten. Ich frage mich manchmal, ob die Prostituierte, bei der er sich mit HIV infizierte, wusste, was sie ihm mitgab. Als ich ihn zum letzten Mal sah, rauchte er einen Joint durch ein Loch in seiner Wangenwand und sagte: *it's tough kid, but it's life.*

Sein letztes Buch habe ich für ihn zu Ende gelesen. 28 Seiten, kein Happy End. Nach seinem Tod habe ich sieben Jahre lang nicht über ihn gesprochen. Nur ein Mal bin ich in der Tristesse eines bald schließenden Clubs einem Fremden begegnet, und wir haben uns alles erzählt, alles.

Später ging es besser, betrunken sogar ganz gut, weil betrunken für einen kurzen Moment alles besser scheint, bis man eben wieder nüchtern ist und feststellt, dass alles Rauschhafte am Ende nur einer Illusion unterliegt. Ich dachte, irgendwann würden die Träume aufhören, irgendwann würde alles verblassen wie die Schatten des Bikinis am Ende eines langen Sommers.

Der Wurstladen, die Krankenhäuser, das Morphium, das Klirren von Weinflaschen, die ganze verdammte Vergangenheit verschwimmt und verändert sich ständig in meinem Kopf, wie die Prismen in diesen Kaleidoskopen, an denen ich als Kind drehte. Eine Krankenschwester hatte mir damals erklärt, warum meine Wunde genäht werden muss. Sie sagte: *Ein Loch im Kopf, das wächst nicht einfach von alleine zu.*

Im großen Sekretär liegen unten rechts die leeren Notizbücher aus dem Buchladen in Williamsburg. Mein Vater ist seit zwölf Jahren tot, als ich nackt ins Wohnzimmer gehe, das blassblaue nehme und «Dad» vorne draufschreibe.

                Das ist der Anfang.

Teil I

Eins

In meinem Schlafzimmer liegt ein Mann, der dort nicht hingehört. Der Mann muss weg. Ich möchte durchlüften, duschen, nachdenken, mich wieder hinlegen und ein paar Stunden später alleine aufwachen. Neben fremden Männern aufzuwachen ist grässlich. Niemand möchte das. Außer Menschen, die sich nach einer Beziehung sehnen.

Den Mann habe ich in einer Bar kennengelernt, in der man gut Männer kennenlernen kann. Er ist ziemlich schön, aber das bedeutet nichts. Es gibt viele schöne Männer da draußen, und sie haben alle unterschiedliche Namen. Ich glaube, dieser hier heißt Joschi.

Wenn ich Männer mit nach Hause nehme, finde ich sie grandios bis zu dem Moment, in dem wir voneinander ablassen. Dann finde ich sie überflüssig. Und dann müssen sie dringend weg, was jetzt irgendwie schlimmer klingt, als es gemeint ist. Ich meine damit nicht so was wie Mord. Sie sollen einfach nur gehen.

Ich suche Unterhose und T-Shirt und lege meine rechte Hand auf die Schulter des Mannes.

«Joschi», flüstere ich, «wach auf!»

Der Mann dreht sich um. Er riecht nach Schlaf, Zigaretten und Alkohol.

«Du musst jetzt gehen», sage ich.

– «Warum?», fragt Joschi. «Es ist doch mitten in der Nacht.»

«Genau. Und deshalb musst du jetzt gehen.»

Joschi schnaubt kurz irritiert, steht dann aber auf und sucht seine Hose. Ich nehme seine Jacke und gehe zur Tür.

– «O.k., dann», sagt Joschi. Ich gebe ihm die schwere Lederjacke und nicke.

Er zieht sie langsam an, sucht sein Handy und bleibt in der Tür stehen.

– «Das war sehr schön mit dir, Marlene.»

«Danke», sage ich, während er sich zu mir beugt, um mich zum Abschied zu küssen, aber ich ziehe mit dem Kopf an seinem vorbei, und wir umarmen uns. Sein Körper passt nicht mehr zu meinem. Ich schiebe ihn sanft zur Tür raus, er geht mit dem Rücken zum Treppenhaus. Um die Lampe im Flur schwirrt eine Motte.

«Tschüss, schöner Mann», sage ich. Die Tür fällt von allein ins Schloss.

Ich gehe zurück ins Schlafzimmer und öffne die Fenster weit. Der Geruch der Zigaretten, die wir gestern geraucht haben, wird bald verflogen sein. Egal wie dreckig die Nacht ist, der Morgen danach riecht immer rein. Ich stelle die leere Flasche Crémant weg, sammele meine Wäsche ein und werfe die Reste verantwortungsbewusster Verhütung in den Mülleimer. Ich dusche erst warm, dann kalt, putze mir die Zähne und lege mich mit dem rauen

Badehandtuch wieder ins Bett. Ich muss dringend Weichspüler kaufen. Draußen dämmert es schon. Ich denke an das Notizbuch, meine Idee und daran, dass alles gut werden wird. Dann schlafe ich wieder ein.

Als ich am späten Nachmittag meine Mutter anrufe und ihr von dem Traum erzähle, der immer wiederkommt, und davon, dass ich alles aufschreiben werde und dass ich nach Thailand fliegen will, wo sich mein Vater mit HIV infizierte, und nach Goa, wo er das erste Mal Opium nahm, und dass ich seine alten Freunde treffen will und sie fragen werde, wer er war, unterbricht sie mich und sagt nur:

– «Ja. Das musst du tun.»

Ich hatte Angst davor, sie zu fragen. Und jetzt ist es ganz einfach. Ich dachte, sie wäre vielleicht sauer, dass ich so viel Zeit auf jemanden verwenden möchte, der so wenig Zeit auf mich verwendet hat.

– «Dein Vater», sagt sie, «wollte immer ausbrechen aus diesem Wurstwarenladen. Er träumte davon, eine Buchhandlung in Berlin aufzumachen, weißt du. Ich habe ihm gesagt, komm, wir nehmen das Kind und hauen ab, wir machen das, wir bekommen das hin. Wir müssen keinen Wurstladen übernehmen, wenn wir nicht wollen.»

«Wovor hatte er dann Angst?»

– «Ich weiß es nicht.»

Das Einzige, was ich weiß, ist, dass ich nicht so enden möchte wie mein Vater. Oder der Speditionsjörn. Der Speditionsjörn war in meiner Klasse, und wir nannten ihn so, weil seine Eltern eine große Spedition mit Hunderten Lastwagen hatten, auf denen ein M für Spedition Meiermann prangte. Die Meiermanns waren sehr nette, sehr reiche Leute, aber trotz des ganzen Geldes blieb ihnen ein Wunsch verwehrt. Wegen einer Mumpserkrankung in seiner Kindheit konnte Herr Meiermann keine Kinder zeugen. Deshalb adoptierten sie in dem Jahr, in dem meine Mutter mich unter Schmerzen gebar, ein Kind. Ein Neugeborenes mit dichten schwarzen Haaren. Es war keine zwei Tage alt, als die Meiermanns es mit zu sich nach Hause nahmen und es Jörn nannten. Jörn Meiermann. Jörn und ich gingen gemeinsam in die Schule und machten zusammen Abitur. Wir knutschten auch einmal hinter dem Kiosk im Freibad, und ich erinnere mich daran, dass es ein guter Kuss war.

An seinem 14. Geburtstag sagten ihm seine Eltern, dass er adoptiert sei, und Jörn verstand endlich, warum beide weder dunkelhaarig noch atrophisch waren. Die Meiermanns sagten, es mache keinen Unterschied. Jörn würde alles erben, er sei das Wichtigste, was sie hätten, ihr größtes Glück. Es sei, sagte der Vater, nur eine Formalität.

Aber für Jörn stimmte das nicht. Es fühlte sich an, als hätten sie ihn all die Jahre belogen.

Er stand weiter morgens früh auf, aß einen Toast mit Nutella, putzte die Zähne, packte seine Schultasche. Er stieg in den Geländewagen seines Vaters. Ging abends zum Basketballtraining. Er duschte heiß. Masturbierte zur Entspannung. Rauchte sich abends vor dem Einschlafen eine Bong. Aber nachts wachte er auf, das T-Shirt nass von Schweiß. Er schaute sich seinen Personalausweis an. Meiermann. Jörn. Der Name fühlte sich für ihn plötzlich an wie die Schuhe eines Fremden. In Jörns Kopf wucherten viele Gedanken, aber einer quälte ihn besonders. Er nahm diesen Gedanken von nun an jeden Abend mit ins Bett. Der Gedanke wurde von Tag zu Tag größer, bis er nicht mehr nur noch zu denken war. Und Jörn sagte morgens in der Küche zu seiner Mutter, er wolle wissen, wer seine leibliche Mutter sei, es tue ihm leid. Frau Meiermann ließ ihre Kaffeetasse fallen, aber eine Woche später ging sie mit Jörn über einen braunen Linoleumflur zu seiner Sachbearbeiterin im Jugendamt. Zimmer 212. Ein Schreibtisch, ein Drehstuhl, zwei Besucherstühle, ein Gummibaum, ein Aktenschrank. Sie sollten doch bitte Platz nehmen.

Jörn sagte der Sachbearbeiterin, er wisse jetzt, dass er adoptiert sei. Und er wolle gerne wissen, wer seine leibliche Mutter sei. Er wolle ihr gerne gegenübersitzen und seine Nase, Augen und den Mund mit ihren vergleichen.

Er wolle sie gerne treffen, um ihr Fragen zu stellen. Die Sachbearbeiterin hörte zu, nickte freundlich und holte seine Akte hervor. Darin stand, dass Jörns leibliche Mutter keinen Kontakt wünsche und nicht wolle, dass ihre Daten vom Jugendamt an ihren Sohn weitergegeben werden. Sie durfte ihm nur das hier sagen: Jörns Mutter war gerade volljährig, als sie ihn gebar. Sie war alkoholabhängig und arbeitete in einem 24-Stunden-Flatrate-Bordell in Duisburg. Als sie bemerkte, dass etwas nicht stimmte, war sie in der fünfzehnten Woche und eine Abtreibung nicht mehr erlaubt. Sie entschied sich für eine Adoption. Zu Jörns Vater machte sie keine Angaben. Sie konnte auch keine machen.

Die Frau vom Jugendamt blätterte lange, dann sah sie auf den dünnen Jungen mit dem dichten schwarzen Haar. Er tat ihr leid. Jörn fuhr mit seiner Mutter zurück, er sprach kein Wort. Von der Villa der Meiermanns ging er in den Garten, nahm die Axt aus dem Geräteschuppen und schlug die Glastür des Poolhauses ein. Frau Meiermann rief ihren Mann immer wieder in der Spedition an, aber als er die Haustür aufschloss, war Jörn weg, die Haushälterin kehrte die Scherben zusammen, und seine Frau saß zusammengekauert in der Ecke des Poolhauses und weinte. Ein Nachbar hatte gesehen, wie Jörn wütete, und erzählte es weiter. Die Nachricht machte im Eisenwald, wie fast alle Nachrichten, die vom Leid anderer handeln, schnell die Runde. Frau Meiermann gab ihrem Mann die Schuld an allem. Er hatte gewollt, dass sie es Jörn erzählten, und nun war es zu spät, um diese Entscheidung zurückzunehmen. «Die Wahrheit ist immer besser als die Lüge», sagte Herr Meiermann. Als Jörn nachts irgendwann heimkehrte und in sein Zimmer schlich, war der Glaser bereits da gewesen. Über den Vorfall verlor niemand mehr ein Wort.

In den nächsten vier Jahren schrieb Jörn Meiermann über fünfzig Briefe, die er der Sachbearbeiterin vom Jugendamt mit der Bitte brachte, sie an seine Mutter weiterzuleiten. Jörns Mutter schrieb nie zurück. Irgendwann, als er wieder mit einem neuen Brief kam, legte die Sachbearbeiterin ihre Hände auf seine und sagte: «Es tut mir leid, du hast dir nichts vorzuwerfen. Du hast alles versucht.» Jörn riss sich los und rannte davon.

Ich sah ihn noch mal, kurz bevor ich den Eisenwald

verließ. Da rauchte er auf einem Hügel einen Joint, und ich setzte mich dazu.

Er sagte: «Na, Marlene?», und ich antwortete: «Na, Meiermann?»

Wir starrten auf die Häuser des Eisenwaldes. Es fing an zu dämmern, und wir schauten dabei zu, wie nach und nach die Lichter angingen. «Könntest du dir vorstellen, hier zu leben, also für immer?», fragte mich Jörn. Ich schüttelte den Kopf und sagte, ich könne mir gar nichts für immer vorstellen. Kurz überlegte ich, Jörn zum Abschied noch mal zu küssen, aber ich verwarf den Gedanken schnell. Heute bereue ich das. Als es zu kalt wurde, umarmte ich ihn, kletterte von seinem Autodach und fuhr davon. Ich weiß nicht, wie lange er noch da oben sitzen blieb.

Nach dem Abitur ging Jörn zum Studieren nach Berlin. Wirtschaftspsychologie. Das mit der Psychologie war seine Idee gewesen, das mit der Wirtschaft die seiner Eltern. Und so setzten sie ihre Wünsche zu einem Studienfach zusammen. Seine Eltern kauften ihm eine eigene kleine Altbauwohnung am Maybachufer, um die wir ihn alle beneideten. Am Montagvormittag der Einführungswoche sprang er vom Balkon. Er verstarb ein paar Stunden später im Urbankrankenhaus. Als die Meiermanns das Krankenhaus erreichten, war er schon tot. Und das, obwohl sie mit dem Porsche Cayenne mit fast 200 Sachen nach Berlin gebrettert waren. Jörn hinterließ keinen Abschiedsbrief. In seinem Blut befanden sich keine Drogen, kein Alkohol. Aber jeder ahnte, woran Jörg Meiermann zerbrochen war.

«Mama?»

– «Ja?»

«Was habe ich von meinem Vater?»

– «Den Hang zum Rausch und die Sehnsucht nach Sonne.»

In die Pause, bevor wir uns verabschieden, möchte ich noch etwas sagen, verpasse aber den Moment. Ich sage die Wörter im Kopf, bestimmt hören Mütter auch Gedanken.

Dann legen wir auf.

Zwei

Am Abend hole ich das bisschen Vergangenheit vom Dachboden. Einen silbernen Ring mit einem Elefantenhaar. Ein Kaleidoskop, das mir Dad als Kind geschenkt hat. Ein dünnes Buch von Wolf Wondratschek mit dem Titel *Früher begann der Tag mit einer Schußwunde*. Das Buch, was er las, als er starb. Seine Carlos-Castaneda-Sammlung (die Bücher eines US-amerikanischen Ethnologen, der in Mexiko durch die Ureinwohner und einen Zauberer namens Don Juan in den Genuss von Heilkräutern und «heiligen Kakteen» kommt und dadurch eine neue Wirklichkeit kennenlernt. Laut dem *Time Magazine* sind viele von Castanedas Abenteuern Lügengeschichten. Die meisten Abenteuer sollen sich nur in seinem Kopf zugetragen haben), sein Carrom-Brett. Ich hatte es schon mal heruntergeholt und ins Wohnzimmer gestellt, aber es wirkte dort fremd, und immer, wenn ich durch die Tür kam, sah ich ihn so gebückt daran sitzen wie eine Vater Morgana. Deshalb hatte ich das schwere Brett wieder zurück auf den Dachboden geschleppt. Ich sehe die Postkarten und Briefe durch. Marokko, Indien, Thailand. Ein paar Jahre vergingen, in denen verloren wir uns ganz. Danach schrieb er wieder, als sei nichts gewesen. Als Letztes ist da die Karte, die er mir zu meinem 18. Geburtstag geschrieben hat. Eigentlich hat mein Vater jeden meiner Geburtstage vergessen. Nur den letzten, den er noch erlebte, nicht. Er gab mir die Karte persönlich, deshalb hat sie keine Briefmarke. Auf der Vorderseite der Karte ist ein gestreifter Sonnenstuhl abgebildet. Innen steht:

Jetzt bist du 18. Wo sind die Jahre hin?
Mach es besser als ich. Alles. Dad.

Er fand es schick, sich Dad zu nennen. Genauso schick wie den Brillanten im Ohr, den er eine Zeitlang trug. Oder die Hotpants, Hüte, Henna-Tattoos und getönten Brillen und Lederwesten. Vielleicht klang Dad einfach mehr nach der Person, die er gerne sein wollte. Ich schaue alte Fotos durch. Es gibt nur wenige von uns gemeinsam. Auf den meisten ist mein Vater mit Menschen zu sehen, die ich nicht kenne. Auf meinem Lieblingsfoto steht er in kurzen Hosen im Schnee.

Ich habe keine Ahnung, wo das Foto aufgenommen worden ist und wer es gemacht hat. Auf der Rückseite lese ich *Juni 1972*. Ich nehme das Kaleidoskop und schaue mir das Foto dadurch an. Alles ist bunt und verschwommen. Ich frage mich, ob man wohl ungefähr so sieht, wenn man LSD nimmt. Mein Vater hat oft LSD genommen. Ich noch nie. Aber alles, was mir Leute über ihre LSD-Trips erzählt haben, klingt für mich so attraktiv, wie die Fenster in einem Haifischbecken von innen zu putzen.

Ich nehme kaum Drogen. Als ich vierzehn war, habe ich mal an einem Joint gezogen und mich danach überreden lassen, ein Köpfchen durch eine Bong zu rauchen, was ich nur gemacht habe, weil ich den Besitzer der Bong süß fand, und natürlich auch, weil ich nicht verklemmt wirken wollte. Mit vierzehn macht man aus genau diesen Gründen unfassbar viele dumme Sachen. Zum Glück muss ich nie wieder vierzehn sein.

Von dem einen Zug wurde mir jedenfalls schwindelig und von dem Köpfchen kotzübel. Danach hing ich über Leonies Toilette. Leonie ist meine beste Freundin, ich würde sagen, schon immer. Auf jeden Fall seit der Grundschule. Und wie es sich für beste Freundinnen gehört, haben wir vieles gemein. Wir trugen beide einen Vokuhila, als wir eingeschult wurden, und auf unseren Scout-Rucksäcken explodierte ein Feuerwerk. Wir waren beide keine Pferdemädchen und bekamen jahrelang unsere Periode gleichzeitig. Wir wollten beide ein Bauchnabelpiercing, was uns zum Glück aber nicht erlaubt wurde. Wir vermissten beide unsere Väter, aber aus unterschiedlichen Gründen. Und wir hielten uns gegenseitig die Haare aus dem Gesicht beim Übergeben.

Jedenfalls habe ich zwei Mal versucht, an einem Joint zu ziehen, aber mir wurde immer wieder schwindelig, und außerdem machte es mich melancholisch. Während alle anderen Choco Crossies aßen und sich über die Simpsons totlachten, drehte es sich in meinen Kopf, ich dachte über Waisenkinder in der Mongolei nach und musste mich beherrschen, nicht zu weinen. Bei diesen zwei Versuchen habe ich meine Hanf-Erfahrung belassen. Dadurch, dass ich sehr gerne Alkohol trinke, habe ich es zudem meistens nicht für besonders klug gehalten, noch dazu Kokain zu nehmen oder MDMA oder Ketamin. In der Schule haben wir mal auf einem Anti-Drogen-Seminar einen Test ausfüllen müssen mit der Überschrift «Bin ich ein Suchtmensch?». Das Ergebnis kam in Ampelfarben. Rot bedeutete, man war ein stark gefährdeter Suchtmensch. Ich war rot. In dieser Hinsicht komme ich vermutlich nach Dad.

Ein paar Magazine rufen mich an, während ich die Vergangenheit vom Dachboden sortiere. Sie fragen mich, ob ich was für sie schreiben kann, aber ich sage ab. Ich muss mich konzentrieren und einen Plan für die nächsten Wochen machen, sonst werde ich meine Reisen aufschieben, vertagen und am Ende nie machen, weil ich plötzlich doch Angst bekomme. Und Angst kann Menschen trinken. Aber der Traum wird nie verschwinden, wenn ich mich nicht stelle. Die Redakteurin eines Magazins versucht mich sehr penetrant dazu zu überreden, eine berühmte Influencerin mit mehr als fünf Millionen Followern zu begleiten; als ich wiederhole, ich hätte keine Zeit, schreit sie ins Telefon, meine Absage würde ich noch bereuen, und legt auf. Ich bereue aber gerade ganz andere Dinge.

Und auch deshalb will ich die Reisen meines Vaters nachreisen. Nicht alle, aber vielleicht die wichtigen. Ich möchte erfahren, was er machte, während er weg war, und wonach er eigentlich gesucht hat. Vielleicht komme ich ja meinem abwesenden Vater in der Ferne endlich nah?

Aber ich muss mir überlegen, wo ich anfange. Wer von seinen Weggefährten lebt noch? Wer kann sich gut erinnern? Meine Mutter hat mir gesagt, dass die erste große Reise meines Vaters nach Marokko ging. Hier hat er das Fernweh für sich entdeckt. Er war dort mit einem Schulfreund namens Wippo. Sie setzten mit der Fähre von Spanien über. In Indien hatte er sich mehrere Monate einer Hippiegruppe namens Goa Freaks angeschlossen. In Thailand verbrachte er die meiste Zeit auf der Insel Koh Samui, hier lernte er Pong kennen, die Frau, die ihn mit HIV infiziert hat. Ob ich es schaffe, sie oder ihre Familie zu finden? Und wenn ja, was werden sie mir sagen?

Ein bisschen Geld habe ich gespart. Und überhaupt: Warum wohne ich sonst auf dem Transenstrich und vermiete das kleine Zimmer ab und zu an Airbnb-Gäste, wenn nicht für ein Minimum an Autonomie? Ich habe weder Kinder noch einen Freund oder laufende Ratenkredite.

Oleg behauptet ja, ich würde mich immer in die falschen Männer verlieben und die guten übersehen. Aber Oleg hat gut reden. Der weiß alles über Liebe aus *Eis am Stiel.* O.k., er hatte drei längere Beziehungen, aber das waren allesamt extrem fragwürdige Frauen. Die erste, Bettina, hat sich immer gekratzt und war ganz dünn. Ich konnte die nicht ab, und das lag nicht nur am Tick. Sie hat immer so gequält geredet, und eigentlich würde ich das nicht mal reden nennen. Sie hat die Wörter immer nur so gehaucht, als ob sie gerade am Verlöschen wäre. Selbst wenn sie was ganz Normales gesagt hat. Und wenn wir einkaufen waren, hat sie jede Verpackung genommen und ewig auf der Rückseite rumgelesen, angeblich wegen der E-Stoffe, weil die nämlich krebserregend seien. Aber natürlich ging es ihr um Fett und Kalorien. Irgendwann kam Bettina in die Psychiatrie, was Oleg eher spannend als problematisch fand. Aber nach zwei Monaten in der Psychiatrie machte Bettina Schluss, weil sie sich in einen aus ihrer Gruppentherapie verliebte, der auch einen Tick hatte, und zwar einen Waschzwang. Jedenfalls konnte der sie wohl besser verstehen als Oleg.

Die zweite hat er auf einem Motorradtreffen im Ruhrgebiet kennengelernt. Die hatte rote Haare, eine Rennstrecke auf den Rücken tätowiert und war so ziemlich das Gegenteil von Bettina. Aber ich glaube, Oleg hat sich vor allem verliebt, weil sie noch waghalsiger Motorrad fuhr als er selbst. Die haben sich immer auf dem Abschnitt der B 40 verabredet, auf dem manchmal nachts illegale

Rennen gefahren werden. Ich glaube, das war so eine Art Kräftemessen mit Sex. Das gibt es ja manchmal, dass man nur mit jemandem zusammen ist, weil man einander irgendwie herausfordert und das einen anmacht. Ich hatte das auch mal, aber darum geht es jetzt ja nicht. Wir waren jedenfalls mal zusammen auf einer Trance-Party in Oberhausen, da hat sie mich, als Oleg Getränke holen war, geküsst und gesagt, sie sei übrigens bi. Oleg hat zugeguckt, als wir geknutscht haben. Ich glaube, ich habe nur mit der geknutscht, weil ich wissen wollte, wie das ist, mit einer Frau. Und vielleicht auch, um Oleg ein bisschen zu irritieren.

Die dritte war Sarah. Über die möchte ich gar nicht erst reden.

Drei

Jetzt, wo ich darüber nachdenke, fällt mir auf, dass eigentlich alle wichtigen Dinge in meinem Leben ohne meinen Vater stattgefunden haben. Selbst meine Geburt. Er war mit einer Ladung Salzdärme auf dem Weg nach Winterberg, als bei meiner Mutter die Fruchtblase platzte. Vielleicht habe ich meinen Vater auch deshalb schon das erste Mal für tot erklärt, als ich fünf Jahre alt war.

Ich saß im Kindergarten beim Laternenbasteln. Es war ein Väterbasteln, weil die Erzieherinnen wollten, dass nicht immer nur die Mütter etwas mit den Kindern machen. Ich hätte an diesem Tag trotzdem lieber auf meine Mutter gewartet, die wäre nämlich irgendwann gekommen. Die anderen alleinerziehenden Mütter hatten zumindest die Opas oder Onkels oder neuen Freunde und Ehemänner geschickt. Die Mütter mit den neuen Freunden und Ehemännern waren sehr aufgeregt und hatten rote Lippen. Sie kicherten und winkten wild und sagten zum Abschied Sätze wie: «Das schafft ihr beiden Großen schon.»

Ich saß mit Tante Dörthe an einem dieser niedrigen Kindertische und wartete auf meinen Vater. Tante Dörthe war ein pädagogischer Profi, deshalb tat sie so, als ob es nicht weiter beunruhigend sei, dass ich als einziges Kind ganz alleine vor meiner Prickelunterlage saß. Weil wir noch keine Scheren benutzen durften, prickelten wir das Tonpapier entlang der Schnittkanten mit einer dicken Nadel, auf die ein Holzgriff gesteckt war.

Ich mochte Tante Dörthe sehr. Sie hatte schlohweißes Haar und wohnte nur eine Straße vom Kindergarten entfernt mit ihrem Kater Konstantin zusammen, aber geboren war sie in Kaukasien. Kaukasien, das klang für mich wie eines dieser Phantasieländer aus den Kinderbüchern, aber Tante Dörthe hatte mir ihr Ehrenwort gegeben, dass es Kaukasien wirklich gab. Während der Arbeit trug Tante Dörthe immer lange, schwere Röcke und einen Dutt, und der Dutt roch nicht nach Haarspray oder Shampoo, sondern immer nur nach Haaren. Wenn man traurig war, durfte man sich auf Tante Dörthes Schoß setzen, und das fühlte sich so an, als säße man auf einem Plüschsessel. Tante Dörthe liebte Kinder, glaubte an Gott, und in drei Jahren würde sie in Rente gehen. Sie behauptete, dass man sich niemals an die Ecke eines Tisches setzen dürfe, denn das bringe Unglück. Und vor jedem Essen musste man mit ihr ein Gebet sprechen.

O Gott, von dem wir alles haben, wir danken Dir für Deine Gaben. Du speisest uns, weil Du uns liebst, so segne auch, was Du uns gibst. Amen.

Tante Dörthe redete über Gott immer wie über einen echten Freund, mit dem man alle Probleme besprechen kann. Ich hingegen hatte mich bislang immer ohne Erfolg an ihn gewandt. Ich weiß nicht genau, woran das lag. Aber eigentlich gab es ja nur zwei Möglichkeiten. Entweder Gott hatte gerade keine Zeit, oder er hatte eben nicht so viel Macht, wie Tante Dörthe immer behauptete. Zuletzt hatte ich mich an diesem Morgen um Gottes Hilfe bemüht, aber es schien, als würde er mir auch diesen Wunsch nicht erfüllen. Und das, obwohl nicht mal Sonntag war. Denn Sonntag hatte Gott ja frei.

In meinem Kindergarten hießen die Gruppen nach Tieren. Ich war bei den Braunbären.

Genau wie Luis.

Luis war ein Jahr älter als ich, hatte ein grobes Gesicht und ein schwitziges Schwänzchen im Nacken. Sein Vater arbeitete als Maschinenführer bei Ketten Röttger. Luis blieb ganz dicht neben mir stehen, ich stach weiter Tonpapier aus. Ich ahnte wohl, was gleich passieren würde.

Luis beugte sich ganz nah zu mir und fragte:

– «Wo ist dein Vater?»

Ich schaute weiter auf meine Laterne. Es sollte ein Brontosaurus werden. Mein Lieblingsdinosaurier.

Tante Dörthe bat Luis, sich wieder an seinen Tisch zu setzen, was er nicht tat.

– «Wo ist dein Vater?»

Toktoktoktok.

– «Hast du keinen?»

Toktoktoktok.

– «Hallooooooo? Das hier ist ein Vater-Kind-Basteln, aber dein Vater ist nicht da.»

Tante Dörthe: «Luis, ist gut jetzt!»
- «Ja, aber Tante Dörthe, ich frag ja nur. Wo ist denn der ihr Vater, häh?»
Toktoktok.
Tante Dörthe sagte: «Luis, lass die Marlene mal, die möchte ganz gerne in Ruhe weiterarbeiten. Du siehst doch, die ist gerade ganz wunderbar konzentriert.»
(Ich mochte sehr, dass Tante Dörthe selbst die Bastelarbeiten eines Kindergartenkindes so ernst nahm wie andere eine Operation am offenen Herzen.)
- «Du hast also keinen Vater?»
Toktoktok.
«Ne, hab ich nicht.»
- «Häh?»
Toktoktok.
- «Hallooooooo?»
Toktoktok.
- «Jeder Mensch hat eine Mutter, und jeder Mensch hat einen Vater.»
«Ich aber nicht!»
- «Doch!»
«Mein Vater ist tot», sagte ich.
Tante Dörthe machte ein Geräusch, das nach einer Mischung aus Seufzen und Schnauben klang.
- «Tot?»
«Ja. Genau.»
- «Der hat dich doch letzte Woche noch abgeholt?»
«Ja», sagte ich, «und diese ist er eben tot.»
- «Stimmt nicht», sagte Luis. «Du bist eine Lügnerin!»
«Stimmt wohl.»

– «Du lügst. Deine Eltern sind getrennt. Dein Papa IST NICHT TOT.»

«Doch. Ich habe SOGAR DEN SARG GESEHEN. Und darin lag mein Vater TOT! Und aus seinem Kopf kamen MADEN. Die haben das GEHIRN gefressen.»

– «IHHHHHHHH!», schrie Luis.

(Das mit den Maden hatte ich aus einem Zombiefilm, den mein Vater mit mir angeschaut hatte, während meine Mutter dachte, wir wären im Kinderzirkus.)

– «Heyheyhey», sagte Tante Dörthe, «das reicht jetzt aber!»

Luis kam näher. Er hielt meinen Arm mit dem Prickel fest.

«Lass los.»

– «Du lügst.»

«Du lügst.»

Tante Dörthe stand endlich auf, um Luis zurück zu seinem Vater zu bringen, aber Tante Dörthe war alt, nicht schnell.

Toktoktoktok.

Durch Haut zu stechen ist fast wie durch Tonpapier: Wenn man erst mal durch die Jeanshose durch ist, geht es ganz leicht. Luis hat sich nicht mal gewehrt.

Als mein Vater kam, war es draußen schon dunkel und Luis mit seinem Vater im Krankenhaus. Tante Dörthe erzählte ihm, was passiert war, und fragte, wo er überhaupt die ganze Zeit gewesen sei.

– «Termine, Termine, Termine», murmelte mein Vater.

Ich lief in die Garderobe und wartete. Als mein Vater kam und sich bückte, um mir meine Schuhe zuzubinden, trat ich ihn vors Schienbein. Meine Schuhe hatten Klettverschluss. Nicht mal das wusste er.

Wir gingen zum Auto. In der rechten Hand trug ich eine Tüte mit einem halb ausgeprickelten Brontosaurier. Der Brontosaurierkopf glotzte leblos durch das Plastik. Ich setzte mir die Mütze auf und kletterte auf meinen Sitz. Mein Vater sagte, er hätte einen sehr wichtigen Termin gehabt, sonst wäre er natürlich zum Laternenbasteln gekommen. Mein Vater hatte aber nie wichtige Termine, er bekam gar keinen wichtigen Termin aufgetragen, weil man den Termin dann auch gleich hätte absagen können. Mein Vater fuhr Därme und Fleischereifachbedarf aus.

Ich schaute aus dem Fenster, mein Vater in den Rückspiegel.

– «Sag mal, Marlene, diesen Luis, soll ich mir den mal packen?», fragte er.

Ich schwieg.

– «Sag mal, Marlene, wollen wir nicht bald mal was richtig Witziges machen?»

Ich warf die Tüte mit dem Brontosaurierbastelmatsch wütend nach vorne. Sie flog am Kopf meines Vaters vorbei und blieb auf der Handbremse liegen. Mein Vater nahm sie hoch, kurbelte das Fenster hinunter und hielt den Brontosaurier raus. Vielleicht weil er auf irgendeine Reaktion von mir wartete. Der Brontosaurier flatterte ängstlich neben dem Rückspiegel.

– «Ist das ein Flugsaurier, Marlene? Sollen wir mal gucken, ob der fliegen kann?»

Ich schüttelte den Kopf.

Der Wind verfing sich in der Tüte und ließ den Brontosaurier kurz nach oben tanzen, als gebe es doch ein bisschen Hoffnung. Auf was auch immer.

Dann ließ mein Vater los, der Dinosaurier stürzte ab und wurde von den Wagen hinter uns überrollt. Die Wälder des Eisenwaldes verschwammen in der Dämmerung zu einer dichten schwarzen Wand.

Ich sagte:

«Ich habe keine Laterne für den Umzug.»

– «Laternen», antwortete mein Vater, «gibt's ja auch im Drogeriemarkt.»

Vier

Die Stadt, in der ich geboren wurde und die ich so schnell wie möglich verlassen habe, ist weder groß noch klein, noch für irgendetwas bekannt. Ihr Name bedeutet übersetzt Eisenwald, weil früher an den Berghängen Eisenerz abgebaut wurde. Sie wird von zwei Flüssen begrenzt und ist von dichten Wäldern umgeben. Es gibt im Eisenwald einen Eishockeyverein, eine Tropfsteinhöhle und eine Privatbrauerei, deren Bier bitter ist und nur denen schmeckt, die im Eisenwald geboren wurden. Also uns. Ich habe bis heute nicht verstanden, wie es mein Vater im Eisenwald ausgehalten hat, aber vielleicht hat er das auch nicht. Ich habe ihn nie danach gefragt.

Über dem Eisenwald lag für mich immer eine Traurigkeit, die ich vor allem in mir selbst trug. Die Wälder schienen mir zu dunkel, die Straßen zu leer. Als Teenager träumte ich jeden Tag davon wegzuziehen. Ich lief zum Fenster und versprach meinem Opel Ascona, den ich mir mit dem Geld von einem Ferienjob in der Schraubenfabrik zusammengespart hatte: *Bald sind wir weg.* Der Laden aus meinen Träumen war der Laden meiner Großeltern. Er lag nur ein paar Meter entfernt vom Kindergarten mit den Tiergruppen, in den ich ging. Während der Ehe meiner Eltern lebten wir in zwei Wohnungen, die Teil eines großen Hauses waren, das wiederum Teil eines noch größeren Erbes war. Die Wohnung meiner Großeltern lag genau unter unserer und hatte ebenfalls sechs Zimmer und einen Salon, aber in der Wohnung meiner Großeltern hingen statt Tapeten Teppiche an den Wänden. Im Salon stand ein weißer Flügel, den niemand aus unserer Familie spielen konnte, aber mein Opa stand gerne im weißen Smoking davor und sang ein Lied mit schwerer Zunge. Als mein Vater geboren wurde, regierte Konrad Adenauer. Unter Adenauer begann der wirtschaftliche Aufschwung. Mein Vater war ein Kind dieser goldenen Jahre. Thronfolger einer Wurstdynastie. Ein westdeutscher Nachkriegsprinz.

Mein Opa roch nach Aftershave und ging gern in Bordelle. An seiner Hand funkelten Ringe mit roten Steinen. Seine Freunde nannten ihn immer nur «den Grünen», weil er herumstolzierte wie ein Streifenpolizist und nach einem Alkoholabsturz mal so schlimm spucken musste, dass er ganz grün im Gesicht war. Ich nannte ihn nur Opa Dudu, weil er immer *Dududu darfst das nicht* und *Dudududu komm da weg* schrie. Wenn es irgendwie ging, rannte ich vor ihm davon. Ich glaube, mein Vater hat das zu Lebzeiten auch versucht.

Meine Oma trug meistens hohe, spitze Schuhe, deshalb waren ihre ersten beiden Zehen zu einem Zeh zusammengeschmolzen, und zwar in Form der Schuhspitze. Ganz so, als wäre der Schuh eine Backform und ihr Fuß nur der

Teig. Sie trug weiße Hosen, liebte Damenkränzchen und rauchte Zigaretten, die so stark waren wie der Kaffee, den sie trank. Sie war dauernd auf Diät und redete ein bisschen so, wie Marijke Amado in der Mini-Playbackshow, nur ohne holländischen Akzent. Sie sagte oft *Schatzi* und *süße Maus*, und es kam mir so vor, als verschwinde sie jeden Morgen in der Zauberkugel. Wenn sie mich vom Kindergarten abholte, riefen die anderen Kinder: *Da kommt ja die schicke Frau.* Meine Oma stolzierte dann auf ihren hohen Hacken in den Kindergarten und befahl den Erzieherinnen, ihre Enkelin zu holen, und zwar schnell. Zurück im Laden, mischte sie mir Wasser mit Himbeersirup, und wenn sie mir das Glas gab, sagte sie: *Hier, Schatzi. Himbeersirup ist süß, das Leben nicht. Merk dir das.*

Und dann lachte sie ihr Raucherlachen, was immer so klang, als hätte sie ein Rauschen im Hals.

Meine Oma starb, als ich noch klein war. Sie wollte sich die Brüste verkleinern lassen, weil sie es nicht schick fand, obenrum so rund zu sein. Sie bildete sich ein, deshalb nie richtig schlank zu wirken. Ich weiß noch, wie sie vor dem Spiegel stand, sich die Hände vor die Brüste hielt und irgendetwas von ihrem Busen murmelte. Ich fand, sie hatte einen ganz normalen Oberkörper und einen sehr dünnen Unterkörper. Vielleicht ein bisschen so wie Flip, der Grashüpfer aus Biene Maja.

Ein paar Tage bevor sie in eine Schönheitsklinik nach Düsseldorf fuhr, sah ich sie zum letzten Mal. Da hatte sie ihre Krankenhaustasche schon gepackt. Sie trug ihre guten Glitzerschuhe, gab mir noch zwanzig Mark, eine Packung Pfefferminz-Schokolinsen und sagte, bald hätte ich eine ganz neue Oma. An dem Tag, an dem sie operiert werden sollte und in der Klinik bereits ihrem neuen Oberkörper entgegenfieberte, verunglückte ein Motorradfahrer schwer. Er wurde in die Klinik, in der auch meine Oma lag, gebracht. Ein Praktikant legte den Tubus für die Vollnarkose und verletzte meine Großmutter dabei leicht im Rachenraum. Was der Praktikant nicht wusste, war, dass am Tubus Wundbrandbakterien klebten, die vom Motorradfahrer stammten. Der Tubus war nicht richtig desinfiziert worden. Die Bakterien gelangten über den Tubus und die Verletzung in die Blutbahn meiner Oma.

Wundbrand gilt als eine der gefährlichsten Krankheiten der Welt, befallene Körperteile müssen sofort amputiert werden. Man nennt Wundbrand auch die Soldatenkrankheit, weil viele Teilnehmer des Zweiten Weltkriegs darunter gelitten haben. Einen Tag nach der OP rief meine Oma bei uns an und sagte, alles sei gutgegangen, sie habe nur so schreckliche Halsschmerzen. Zwölf Stunden später war sie tot. Die neue Oma lernte ich nie kennen, sie lebte nur zwei Tage lang. Die Sinnlosigkeit ihres Sterbens versetzte uns alle in Schockstarre. Später verklagte mein Opa das Krankenhaus, er bekam ein Schmerzensgeld von knapp tausend Mark, weil sich der Betrag am Arbeitslohn des Praktikanten bemaß. Der Praktikant verdiente 400 DM.

Meine neue Oma wurde auf dem Friedhof im Eisenwald beerdigt, in unserem Familiengrab. Mein Großvater ließ einen weißen Engel aufstellen und einen Fliederbaum pflanzen. Im Nachhinein war das einzig Gute an ihrem Tod, dass sie so den Verfall ihres Sohnes nicht mehr mitbekam. Das Schlechte war: Sie konnte so nicht mehr zwischen Opa Dudu und meinem Vater vermitteln.

Mit dem Tod meiner Oma wurde Opa Dudu immer komischer. Und mein Vater auch. Meine Oma hatte die Streits zwischen den beiden immer abgefangen. Jetzt knallten sie ungebremst aufeinander. Wenn Papa morgens nicht in der Firma auftauchte, weil er abends zu viel getrunken hatte, tobte Opa Dudu morgens bei uns ins Schlafzimmer. Er schrie, mein Vater, der faule Hund, solle sich bewegen, sonst klatsche es, aber keinen Applaus. Während ich mir die Nacht aus den Augen rieb und mich unter der Bettdecke versteckte, nannte Opa Dudu meinen Vater einen *Nichtsnutz*, einen *Drecksack*, eine *Enttäuschung*. Er würde es nie zu etwas bringen, so dumm sei er. Dann verschwand er, und nur der Geruch seines Aftershaves blieb in der Wohnung zurück wie eine Warnung.

In unserer Wohnung hatte jeder ein eigenes Zimmer. Meine Mutter, mein Vater und ich. Im Zimmer meines Vaters roch es wie in den Raucherabteilen alter Interregios, und überall lagen Sachen rum, die er von seinen Reisen mitgebracht hatte. Marionetten, Masken, Ketten, Hüte. Auf einem niedrigen Tisch stand ein Brett mit flachen, kleinen Holzplättchen. Mein Vater sagte, das sei ein Spiel namens Carrom, erfunden von indischen Maharajas. Er hatte es aus Goa mitgebracht. In meinem Kinderzimmer durfte mein Vater nicht rauchen, deshalb ging ich meistens zu ihm.

Im Wohnzimmer stand ein Aquarium mit Goldfischen. Wenn ich den Deckel nach dem Füttern nicht richtig zuschob, sprangen sie raus und vertrockneten auf dem Teppich, was eklig aussah, weil Fische ihre Augen nicht schließen können und einen selbst tot so direkt anglotzen. Ich bildete mir ein, in ihren Augen einen Vorwurf zu sehen. In meinem Zimmer stand ein Trampolin, und meine Mutter hatte Sterne an die Decke geklebt, die nachts leuchteten. Wenn ich auf dem Teppich lag und in die Sterne sah, war ich glücklich.

Von der Dachterrasse unserer Wohnung schossen wir im Sommer mit bunten Supersoakern auf die Stadttauben, die sich auf das Geländer setzten und die Fassade vollschissen. Wir legten uns nebeneinander hin und warteten. Die Stadttauben waren grau und fett, und manche hatten so verwachsene Füße wie meine Oma. Ich war immer froh, wenn mein Vater *Attacke!* rief und wir sie davonjagten. Die Sache mit den Supersoakern war natürlich seine Idee. Meine Mutter hatte meinen Vater damit beauftragt, das Taubenproblem auf dem Dach zu lösen. Und eigentlich hatte sie gedacht, dass mein Vater so silberne Spikes an den Balkongittern befestigen würde oder irgendwelche anderen Mittel zur Taubenabwehr besorgen. Aber er war stattdessen mit mir und einer Kindergartenfreundin in ein Spielzeuggeschäft gefahren und hatte gesagt: *Sucht euch die dickste Kanone aus, die ihr finden könnt!* Jubelnd waren wir losgerannt und mit beeindruckenden Wasserpistolen und Indianerschmuck zurückgekehrt. Dad erlaubte uns auch, mit den Wasserpistolen auf die Leute unten auf der Straße zu schießen. Am besten auf junge Männer mit Glatze und Stiefeln. Das seien meistens Nazis. Wenn wir einen Nazi trafen, versteckten wir uns hinter der Balustrade. *Alter, den hast du gut abgewaschen!*, rief mein Vater dann. Er sagte immer *Alter*, auch wenn das in unserem Fall gar keinen Sinn ergab. Dad versuchte auch mal, eine der Tauben zu fangen und zu skalpieren. Er erzählte mir von einem Musiker namens Ozzy Osbourne, der einer echten Fledermaus mal auf der Bühne den Kopf abgebissen hat. Eine Taube fing er zum Glück aber nie. Wenn die Wassertanks unserer Supersoaker leer waren, gingen wir nach unten und kauften uns bei Luigi Schlumpf-Eis. Danach fragten wir Papa, ob wir Fernsehen gucken dürften, was er natürlich erlaubte. Mein Vater hasste Regeln, deshalb konnten wir seine nicht brechen. Wenn er mit mir auf die Kirmes im Eisenwald ging, wollte er den Hau-den-Lukas zertrümmern, Dosen werfen, Büchsen schießen und Achterbahn fahren. Wenn der Verleiher mich an sein Maßband stellte, schüttelte er meistens den Kopf, wofür ich dankbar war. Ich wollte mit sechs keine Dreifach-Loopings fahren, aber vor allem wollte ich auch meinen Vater nicht enttäuschen. Deshalb hoffte ich einfach, dass mir andere Leute die Entscheidungen abnahmen. Männer mit Maßbändern und kaukasische Erzieherinnen mit Moral wurden die stillen Verbündeten meiner Kindheit.

Fünf

Meine Eltern lernten sich in den Siebzigern auf einer Demo gegen den Vietnamkrieg kennen. Meine Mutter schwenkte eine Fahne mit einem Peace-Zeichen und trug ein Palästinensertuch um den Hals. Ihre Haare hatten die Farbe von Kastanien. Mein Vater stellte sich neben sie. Er trug eine Wildlederweste, eine lila getönte Brille und eine Schlaghose aus Cord. Seine Haare hatten die Farbe von Kastanien.

Mein Vater studierte zu dieser Zeit Literatur in Frankfurt. Meine Mutter Soziologie. Sie gingen nach der Demo gemeinsam heim. Erst redeten sie über Politik, dann über sich. Er sagte ihr, dass seine Eltern einen Wurst- und Fleischereibedarfsladen besaßen. Und dass sie wollten, dass er diesen Laden irgendwann übernahm.

«Und was willst du?», fragte ihn meine Mutter.

– «Leben», sagte mein Vater.

Dann redeten sie gar nicht mehr.

Meine Mutter sagt heute, sie mochte an meinem Vater vieles. Dass er gut aussah, dass er gut reden konnte. Dass er Träume hatte. Und immer ein Buch las. Sie mochte, dass man mit ihm in eine Kneipe gehen wollte und auf einem Hinterhofkonzert landete. Sie mochte, dass er manchmal, wenn er durch die Straßen lief und den Lärm einer WG-Party hörte, einfach klingelte und sagte: «Hallo, ich bin ein Freund vom Frank!»

Was sie nicht an ihm mochte: dass er sehr viel rauchte und noch mehr kiffte und immer unpünktlich war. Dass es manchmal mehrere Versionen von dem gab, was er erlebt hatte.

Dass er sich verlor in diesen Nächten und Tagen, aber wenn er dann wieder vor ihr stand und sie so ansah, vergaß sie ihre Wut.

Mein Vater arbeitete in einer Frankfurter Punkkneipe. Meine Mutter wohnte in einem besetzten Haus. Ihren ersten Urlaub verbrachten sie zusammen in einer Höhle in Griechenland. Meine Mutter sagt, sie trugen nur am Tag der An- und der Abreise Kleidung.

Im vierten Semester wurde meine Mutter schwanger. Sie freuten sich darüber, sagt meine Mutter, aber ich glaube, ihnen waren die Konsequenzen nicht bewusst. Die Eltern meines Vaters sagten, *jetzt* müssten sie aber heiraten, und fragten, wann er denn überhaupt mit dem Studium fertig würde. Mein Vater sagte: *bald.* Die Wahrheit lautete: *nie.* Meine Mutter sagt heute, sie hätten beide eigentlich keinen richtigen Plan gehabt. Vielleicht war das ihr Problem.

Denn ohne Plan führte ihr Weg zurück in den Eisenwald.

Vorübergehend, sagte mein Vater.

– *Bis das Baby da ist*, sagte meine Mutter.

Sie zogen in die große Wohnung, die über der meiner Großeltern lag. Auf seiner Hochzeit war mein Vater schon vor Mitternacht nicht mehr ansprechbar. Meine Mutter machte den Haushalt und versuchte, sich mit dem Eisenwald anzufreunden. Sie half im Laden aus und meterte Schweinedärme ab.

Nachdem ich auf der Welt war, gab es immer öfter Streit. Das hatte auch mit dem Eisenwald zu tun. Nicht weit entfernt hatte mein Vater einen Koksdealer aufgetrieben, der, geschützt von der ländlichen Idylle, unfassbares Zeug in seinem Keller bunkerte. Meine Mutter sagt, das mit dem Koks habe ihr nicht gefallen. Koks mache Menschen zu Arschlöchern. Und die, die schon welche seien, zu noch größeren. Mein Vater lud Freunde ein, die in unserer Küche koksten, meine Mutter schmiss sie raus.

Ich hatte damals noch keine Ahnung von Liebe, ehrlich gesagt habe ich das bis heute nicht. Aber ich denke, sie müssen sich verloren haben in dieser vorübergehenden Zeit. In diesem Kompromiss. Ohne die Höhlenurlaube und unbeschwerten Nächte blieben am Ende vor allem Alltag, Wurst, Koks und das Kind.

Mein Vater fuhr tagsüber Därme aus und saß ansonsten viel in seinem Zimmer, in das ich ja eigentlich nicht durfte, weil er darin eben rauchte. Aber natürlich ging ich trotzdem hinein, wenn meine Mutter nicht da war. Einmal fand ich eine kleine rosa Pille, auf die ein Smiley gedruckt war. Ich weiß noch, dass ich die Pille hochhielt und *Bonbon!* rief, bevor sie in meinem Mund verschwand. Mein Vater sprang auf und schrie: *Spuck aus, spuck aus,* aber als er in meinem Mund nachschaute, war es schon zu spät. Kurz darauf begann ich zu schwitzen. Mein Vater zwang mich, ganz viel Cola zu trinken, was ich auch freiwillig getan hätte. Ich hatte ziemlichen Durst. Erst als ich schweißnass war und geradeaus starrte wie einer der toten Fische aus unserem Aquarium, beichtete er meiner Mutter, dass ich eine seiner Ecstasy-Pillen geschluckt hatte, woraufhin sie sofort den Notarzt rief und meinem Vater ins Gesicht schlug. Ich selbst hörte das Geschrei wie durch eine Schallschutzwand. Als meine Mutter mich in den Krankenwagen trug, fing ich an zu krampfen. Im Krankenhaus pumpte man mir den Magen aus und gab mir Infusionen. Die Ärztin bestand darauf, das Jugendamt zu informieren. Ich blieb eine Woche *unter Beobachtung*, und als wir wieder zu Hause ankamen, schleppte meine Mutter die Matratze meines Vaters in sein eigenes Zimmer. Von da an schlief ich mit ihr zusammen im Ehebett. Und obwohl das schön war, fühlte ich mich seitdem immer auch ein bisschen schuldig.

Meine Mutter arbeitete inzwischen zweimal die Woche nachts in einer Squash-Halle. Mein Vater fuhr tagsüber weiter Lieferungen aus, Schneidemaschinen, Pökelsalz, aber vor allem Därme. Als sie einmal früher heimkam, weil in der Squash-Halle der Strom ausgefallen war, saß mein Vater schon wieder mit ein paar Typen in unserer Küche und kokste. Sie gab ihnen zwei Minuten, um zu verschwinden.

Ein anderes Mal fummelte mein Vater in unserem Wohnzimmer gerade einer Frau den lila BH auf, als meine Mutter zu Hause ankam. Sie schmiss erst die Kleider, dann die Frau raus. Bis heute sagt sie, dass Schlimmste sei für sie gewesen, wie hässlich dieser BH war. Aber natürlich stimmt das nicht.

Meine Eltern trennten sich an einem Sonntag, was auch ein Grund ist, warum ich heute nicht an Gott glaube. Eine Zeitlang wohnten wir noch mit meinem Vater zusammen, ungefähr so wie in einer Wohngemeinschaft. Aber auf Dauer ist es womöglich nicht ratsam, mit Exmännern zusammenzuleben. Obwohl meine Mutter nachher sagte, mein Vater sei als Mitbewohner viel erträglicher gewesen als sonst.

Dass meine Mutter mit der Trennung auch sich selbst rettete, wurde ihr erst später klar.

Meine Mutter wollte das alleinige Sorgerecht, und mein Vater hatte nichts dagegen. In der Akte steht: *Keine Einwände von Seiten des Vaters.* Den gerichtlich festgesetzten Unterhalt überwies er zunächst sporadisch, später regelmäßig nicht. Das Jahr der Scheidung war auch das Jahr, in dem mein Vater sich mit HIV infizierte. Aber das wussten wir da noch nicht. Meine Mutter zog mit mir aus dem großen Haus in ein neues, kleineres, zu einem neuen Mann, den sie in der Squash-Halle kennengelernt hatte. Das Trampolin mussten wir verkaufen, die Goldfische waren alle vertrocknet, aber zumindest die Sterne von meiner Zimmerdecke knibbelten wir ab. Wir wohnten weiter im Eisenwald, aber meinen Vater sahen wir nur noch selten.

Oft stand ich stundenlang mit dicker Jacke und frischgekämmten Haaren im Erker unseres neuen Zuhauses und wartete darauf, dass sein Wagen um die Ecke bog. Ich wollte nie glauben, dass er mich vergessen hatte. Dabei vergaß er mich ja ständig. Geburtstage. Den Unterhalt. Den Bastelnachmittag im Kindergarten, natürlich. Meine Einschulung.

Ich glaube, dass mein Vater nie genau wusste, wie alt ich war und in welche Klasse ich ging. Zumindest meinen Namen konnte er sich merken, das war bei seinen Frauen nicht immer so.

All das, was normale Väter interessiert, interessierte meinen Vater nicht. Als ich ihm mit sechs Jahren mein erstes Zeugnis zeigte, zerriss er es und sagte, ich solle mich von der Leistungsgesellschaft bloß nicht terrorisieren lassen. Von ihm aus müsse ich auch kein Abitur machen. Auf der Tribüne der Aula saßen immer nur andere Väter. Wenn mein Vater mich abholte, fuhr er mit mir meist dorthin, wo er sowieso gerade hinwollte. In die Kneipe oder zu Frauen, mit denen er schlief. Die meisten Affären meines Vaters waren nett. Ein paar primitiv. Mit einer gingen wir mal Spargel essen. Als ihr Teller kam, schaute sie darauf und fing an zu kichern. Als mein Vater sie nach dem Grund fragte, antwortete sie, Spargel würde sie immer so an Penisse erinnern. Eine andere Frau hatte feuerrote Haare, und ich sah sie Jahre später auf einem verpixelten Foto in der Lokalzeitung wieder. Da stand, dass sie als Drogenkurier dreizehn Kilo Kokain aus Holland geschmuggelt hätte und ihr Prozess jetzt bald anstünde.

Von den Frauen, bat mein Vater mich, solle ich meiner Mutter besser nichts erzählen. Ich hielt mich daran. Seit der Trennung war sie oft traurig. Aber manchmal roch sie billiges Parfum an mir und Nikotin und THC, da brachte auch mein Schweigen nichts. Dann rastete sie aus. Jedes Mal, wenn sie ihn anschrie, hatte ich Angst, er würde mich danach nie wieder abholen.

In den ersten Jahren nach der Trennung sahen wir uns noch ein paarmal, meine Teenagerjahre versäumte er fast komplett. Unsere Beziehung kannte keine Rituale. Keinen Weihnachtsbesuch, keine festen Regelungen oder verabredeten Telefonate. Die hätten aber auch nichts gebracht. Mein Vater hätte sich nicht daran gehalten. Ich kann mich im Nachhinein kaum erinnern, in welchen Jahren ich ihn gesehen habe und in welchen nicht. Wenn ich darüber nachdenke, fallen mir fast immer nur Ereignisse ein, bei denen ich mir gewünscht hatte, ihn dabeizuhaben.

Das Gute am Heranwachsen ist, dass einem Eltern irgendwann vorübergehend lästig oder peinlich werden. Während uns die Jungs im Eisenwald ihre Schwänze am Löschteich zeigten und wir Mädchen uns einbildeten, erwachsen zu sein, geriet mein Vater in Vergessenheit. Meine Freunde wussten, dass ich eine Mutter hatte, einen abwesenden Vater und einen despotischen Stiefvater. Wir arrangierten uns damit. Es war schließlich nicht so, dass es ansonsten nur glückliche Familien gab. Der Vater von Sebastian Stoschek, einem Schulkameraden von Leonie und mir, war ein gewalttätiger, hässlicher Alkoholiker. Nur in einer Sache ähnelte ich dem Kind eines prügelnden Vaters: Egal, wie wenig sich mein Vater kümmerte, egal wie wenig er sich meldete – sobald er es tat, war ich glücklich.

Trotz der Drogen, der Enttäuschungen, der seltsamen Frauen. Trotz des Lallens, das immer auffälliger wurde, und der Krankheit, die irgendwann offensichtlich war, trotz allem habe ich nie mehr jemanden zugleich so sehr bewundert und so sehr gehasst wie meinen Vater. Vielleicht, weil er eben auch so groß sein konnte. In den guten Momenten war er größer als alle anderen.

Meine Mutter heiratete den neuen Mann, an diesem Tag trug ich Lackschuhe, die so auf Hochglanz poliert waren, dass ich mich in ihnen spiegelte. Während der Standesbeamte die zweite Ehe meiner Mutter schloss, schaute ich in mein Lackschuhgesicht und fragte mich, ob es ein trauriges Gesicht war oder ein glückliches. Damals war ich noch zu klein, um das zu begreifen, aber ich vermute, meine Mutter hatte sich geschworen, nicht noch einmal denselben Fehler zu machen. Weil das Leben aber keiner Logik folgt, beging sie aus dem Wunsch heraus, keine Fehler mehr zu machen, den nächsten.

Vielleicht habe ich auch deshalb manchmal das Gefühl, meine Mutter hätte gerne eine andere Tochter gehabt. So eine wie Nicole Ludkowski zum Beispiel, die mit mir in einer Klasse war und danach eine Ausbildung als Industriekauffrau gemacht hat und nun schon seit drei Jahren mit einem Polizisten verheiratet ist, weshalb sie jetzt anders heißt, aber wie genau, das weiß ich nicht. Der Polizist und Nicole haben jedenfalls einen kleinen Sohn, und sie haben auf dem Grundstück ihrer Eltern im Eisenwald gebaut, und da leben sie jetzt, und allein der Gedanke lässt mich Sodbrennen bekommen, und ich weiß nicht, ob es am Eisenwald, dem Kind, der Hochzeit oder dem Bau liegt. Vielleicht an allem.

Der neue Mann meiner Mutter liebte Regeln und Hausarrest und Anerkennung. Im Gegensatz zu meinem Vater schien er zuverlässig. Meine Mutter sagte immer *vernünftig*. Der vernünftige Mann baute Außenfassaden, aber die Wände hielten nicht. Es brach weiter alles zusammen.

Ich verstand jetzt, warum die Stiefeltern in den Märchen, die Tante Dörthe mir im Kindergarten immer vorgelesen hatte, meistens Probleme bereiteten. Wenn wir mit meinem Stiefvater zum Einkaufen fuhren, sagte er an der Kasse: *Das Kind ist aus der ersten Ehe meiner Frau. Der Vater zahlt keinen Unterhalt.* Die Kassiererin schaute mich an, als sei ich ein Waisenkind, und schenkte mir Traubenzucker, den ich auf die Straße spuckte. Mein Stiefvater nannte meinen Vater einen *Penner, Hippie, Kiffer* und *Chaoten*. Bis auf den *Penner* war mein Vater wahrscheinlich all das, aber ich war ein Kind. Meinen Vater hatte ich mir, genau wie meinen Geburtstort, nicht selber ausgesucht. Wir sind am Ende doch alle nur Produkte von irgendwelchen Ereignissen. Ich weiß nicht, warum Erwachsene das so oft vergessen. Sie setzen einen in die Welt und verhalten sich später, als wäre man illegal eingereist.

Als ich vierzehn wurde, sagte mir meine Mutter, dass mein Vater Aids habe. Ich wusste nicht viel über die Krankheit, aber ich kannte die Schlagzeilen, die große Angst und wenig Hoffnung machten. Aids wurde als «die Homosexuellen-Seuche» bezeichnet, als tödliche Epidemie. Ende der Achtziger wurde im *Spiegel* ein aufstrebender CSU-Abgeordneter namens Horst Seehofer zitiert, der Aidskranke «in speziellen Heimen» sammeln wollte. Peter Gauweiler führte HIV-Zwangstests für Prostituierte ein. Die Apokalypse schien unmittelbar bevorzustehen.

Auch deshalb sagte meine Mutter, es sei besser, es nicht herumzuerzählen. Gerade im Eisenwald. Ansonsten müsse ich mir keine Sorgen machen, man könnte sich eigentlich nur über Blut anstecken, sonst kaum. Wenn mein Vater bluten würde, müsse ich gut aufpassen.

Ich versprach es ihr.

Sechs

Bevor man alt genug ist, um Auto zu fahren, fährt jeder im Eisenwald ein Mofa, und weil der Eisenwald hügelig ist, verrecken die Mofas regelmäßig, wenn man mit ihnen über die steilen Berge fuhr. Also, *vor* Oleg Kowalskis Spezialbehandlung. Danach fuhr man mit einer Leichtigkeit die Abhänge hoch, die ich heute manchmal vermisse.

Oleg war vier Jahre älter als ich und wohnte auf dem Hügel mit den weißen Neubausiedlungen. Mein Stiefvater sagte, in den Neubausiedlungen würden nur Asoziale und Polen wohnen. Olegs Familie kam aus Polen. Und der einzig Asoziale, den ich kannte, war mein Stiefvater.

Ich sah Oleg zum ersten Mal, als ich vierzehn war, er fuhr auf dem Hinterrad seiner Kawasaki unsere Straße auf und ab. Am nächsten Tag klingelte er an der Haustür und fragte, ob er mir mal was zeigen solle. Ich blieb kurz unschlüssig in der Haustür stehen. Natürlich wusste ich, was die Leute im Eisenwald über Oleg sagten: dass er komisch sei. Oleg trank nie, was ihn im Eisenwald verdächtig machte. Er hasste Fußball und trug eine unmoderne

Frisur. Er gehörte zu keiner bestimmten Clique. Er war anders. Auch deshalb sagte ich: *O. k.*

Wir fuhren mit Olegs Kawasaki zu einer stillgelegten Drahtfabrik und kletterten über einen hohen Zaun. Er half mir per Räuberleiter. Hinter dem Zaun standen stachelige Gräser, und ich hatte Angst, mir bei der Aktion eine Armee Zecken einzufangen, aber sagte es nicht. Ich wollte nicht wie jemand wirken, der Angst hat. Oleg sagte, er liebe alte Fabriken, man finde immer irgendetwas Interessantes dort. Wir streiften durch das hohe Gras und fanden eine Tür, die in die alte Fabrik führte. Es roch nach abgestandenem Wasser und Beton. Kurz fragte ich mich, was passieren würde, wenn die Fabrik über uns zusammenkrachte. Dann brachen wir mit einer Eisenstange die alten Arbeiter-Spinde auf. Wir fanden abgetragene Sicherheitsschuhe und erotische Hefte aus den sechziger Jahren, in denen Wörter standen, mit denen heute niemand mehr Sex beschreiben würde. Wir kletterten auf das Flachdach der Fabrik, legten uns nebeneinander hin und lasen einander die erotischen Kurzgeschichten vor. Über manche Passagen musste ich so lachen, dass ich minutenlang keine Luft bekam. Wir blieben dort liegen, bis es dunkel war und man die Sterne sehen konnte. Ich sagte Oleg, dass ich Sterne liebe und meinen Stiefvater hasse.

– «Wo ist denn dein richtiger Vater?», fragte Oleg.

«Irgendwo halt», antwortete ich. «Ist egal.»

– «Es ist nie irgendetwas egal», sagte Oleg. Dann zog er mich hoch und sagte: «Komm, wir müssen raus hier, bevor es richtig dunkel ist.»

Wir fuhren auf der Kawasaki zum *Olympischen Feuer* und aßen Pommes rot-weiß, und als Oleg mich gerade noch pünktlich wieder zu Hause absetzte, war uns beiden klar, dass wir dabei waren, Freunde zu werden. Später pulte mir meine Mutter zwei Zecken hinter dem linken Ohr raus und zerquetschte sie mit den Fingernägeln im Waschbecken. Ich sah zu, wie mein Blut aus ihnen herausfloss und sie verendeten.

Als ich Leonie von Oleg erzählte, sprach sie eine Woche lang nicht mit mir. Sie sagte, Oleg Kowalski sei ein Freak, das wüssten alle im Eisenwald, und wahrscheinlich stimmte das auch. Oleg und ich wurden trotzdem Freunde. Und Leonie fand sich irgendwann damit ab.

Oleg hatte einen Igelschnitt, ein kantiges Gesicht und goldene Hände, was die Leistungssteigerung von Verbrennungsmotoren betraf. Mit zehn Jahren fing Oleg in der Garage seines Vaters Piotr an, Motoren zu frisieren. Der Nachbar hatte es ihm beigebracht. Ein paar Jahre später stand die Polizei bei Oleg vor der Tür, weil irgendwer, den sie erwischt hatte, petzte, dass in der Neubausiedlung jemand Mofas frisierte. Aber sie trafen nur Oleg an, und Oleg hatte ja, wie gesagt, diese komische Frisur und war ganz paddelig, dünn und pickelig. Deshalb fragten die Polizisten ihn, ob er eventuell noch einen älteren Bruder hätte. Als Oleg verneinte, schauten sich die Polizisten an und schüttelten den Kopf.

Mit fünfzehn rutschte ich auf dem Heimweg mit dem Mofa auf nassem Laub aus, meine Jeans riss, mein Bein blutete, der Lenker hing schief. Ich kam etwas später zu

Hause an als erlaubt. Mein Stiefvater öffnete mir die Tür und schlug sofort zu. Ich schlug zum ersten Mal zurück. Ich höre das Klatschen bis heute.

Mein Stiefvater beschwerte sich bei meiner Mutter und nannte mich ein *Problemkind*, woraufhin man mich zu einer Psychologin schickte. Meine Mutter sagte ihr, ich sei zu Hause *schwierig*. Und: *Früher war sie eigentlich ganz lieb.* Die Psychologin sagte, ich solle ab jetzt jeden Mittwoch nach der Schule für eine Stunde vorbeikommen. Der Mittwoch wurde zu meinem Lieblingstag. Ich fuhr nach der Schule zur Beratungsstelle, einem roten, schmucklosen Klinkerbau. Ich erzählte der Psychologin, dass ich den Eisenwald hasse und mein Stiefvater mich auch. Ich erzählte ihr, dass ich Sterne liebe und mein Vater sterben würde. Die Psychologin rauchte selbstgedrehte Zigaretten, schaute dabei über den Rand ihrer Lesebrille und hörte mir zu. Nach zehn Sitzungen beugte sie sich vor und sagte: *Marlene, mit dir ist alles in Ordnung, alles. Du bist nicht aggressiv, wenn du jemanden schlägst, der dich schlägt. Du bist auch keine finanzielle Belastung, weil dein Vater keinen Unterhalt bezahlt. Du bist ein Kind, aber kein Problemkind. Du bist ganz normal. Weißt du, Marlene, was du tun musst?*

Was denn?

Und ich höre die Worte, die sie mir ins Ohr hauchte, noch heute.

Sie sagte: *Du musst durchhalten.*

Sieben

Die Psychologin brachte mir sehr viel bei. Sie schenkte mir Bücher über Simone de Beauvoir und erklärte mir, warum man als Frau Feministin sein sollte. Alle anderen wichtigen Lektionen lernte ich von Oleg.

Er zeigte mir, wie man Schläuche ansaugt und so Sprit aus Baustellenfahrzeugen klaut. Er zeigte mir, wie man mit Tennisbällen alte Autos knackt und wie man Traktoren kurzschließt. Ich verbrannte mir meine rechte Wade am Auspuff seiner Kawasaki und war stolz darauf. Er erklärte mir, wie man einen Kompass benutzt, mit einem Stock Feuer macht, Öl wechselt und Reifen. Im Winter brachte mir Oleg auf dem Parkplatz des FrischeParadieses plus das Driften mit dem Auto bei. Er zeigte mir, wie man die Handbremse anzieht und rotiert, und das Gefühl eines kontrollierten Kontrollverlustes ist vielleicht das, was mein Aufwachsen im Eisenwald am ehesten beschreibt. Irgendwas zwischen Bodenhaftung und Beschleunigung. Unsere Karren rotierten, und wir taten es auch.

An meinem 18. Geburtstag flexte Oleg ein Faltdach in meinen Opel Ascona. Er stand mit nacktem Oberkörper oben auf dem Auto, und die Funken sprühten, und es roch nach geschmolzenem Blech, und ganz ehrlich, auch das vergesse ich ihm nie. Danach konnte ich den Sitz nach hinten schieben und die Sterne sehen. Im Sommer fuhren wir in Schlauchbooten, die wir an den Auspuffen unserer Karren aufgepustet hatten, einen dreckigen Industriefluss runter und winkten den Arbeitern der Stahlfabriken zu. Wenn ein Wehr kam, musste man aufpassen, dass man das Schlauchboot nicht an den Stahlkanten aufschlitzte, und paddelte wie wahnsinnig, damit man nicht in den Rückstrom geriet. Fiel man rein und schluckte aus Versehen Flusswasser, kam es vor, dass man tagelang unter Durchfall litt.

Olegs Eltern gehörte im Eisenwald eine Videothek, in der sie jeden Tag bis Mitternacht arbeiteten. Wenn wir sie in der Videothek besuchten, machte Olegs Mutter Agnes uns Zapiekanka, Baguette mit Pilzen und Ketchup, ein sozialistisches Fastfoodgericht, das wie der Himmel schmeckte.

Oleg hätte ein Kind werden können, das immerzu fett auf der Couch sitzt und Filme guckt, aber Oleg wurde ein Abenteurer, der es liebte, in den Wäldern herumzustreunen. Kein Kind im Eisenwald wurde häufiger bei der örtlichen Polizei als vermisst gemeldet als Oleg Kowalski.

Oleg liebte Geschwindigkeit, aber er besuchte auch regelmäßig stillgelegte Orte. Alte Fabriken, Kliniken, Fördertürme, Güterbahnhöfe. Wenn er von einem neuen Ort gehört hatte, nahm er mich dorthin mit. Wenn ich ihn fragte, warum wir nicht stattdessen lieber ins Kino gingen, sagte er: *Weil Kino langweilig ist.* Und die ganzen

Filme, die konnten wir uns schließlich auch bei seinen Eltern ausleihen. Das echte Leben, so Olegs Meinung, sei der beste Film. Immerhin schafften wir es einmal ins Autokino, in dem wir *Der Angriff der Killertomaten* schauten und Popcorn aus Eimern aßen.

Als Jugendliche fuhren wir oft auf einen der Hügel rund um den Eisenwald, schauten auf die Stadt und sehnten uns. An guten Tagen war der Himmel sternenklar. Die anderen rauchten Gras und wurden danach übermütig. Eine Weile bildete ich mir ein, mein Fernweh, meine Schwermut und Traurigkeit käme von meinem Namen. Meine Eltern hatten mich Marlene genannt, nach Marlene Dietrich. Und als ich Jahre später den Film von Maximilian Schell über sie sah, über diese einsame betrunkene, tablettensüchtige Frau, die allein in ihrem Bett starb, da dachte ich, dass ich niemals glücklich werden würde. Meine Schwermut war Oleg fremd. Seine Leichtigkeit glich meine Melancholie aus, Leonies Unbedarftheit die Schwere meiner Gedanken. Wir wurden ein gutes Team. Obwohl Leonie und ich mich im Sozialgefüge der Stufe weder in die Tussibanden einreihten noch in eine der anderen Gruppen (Meerschweinchenstreichler, Pfadfinder, Rollenspielritter), hatte man Respekt vor uns. Wir galten als Frauen, die anders waren, und man verschonte uns davon, in verschnürten Jacken in Mülltonnen gesteckt zu werden.

Im Winter gingen wir in die Eisenwalder Eisdisco, wo furchtbare 90er-Jahre-Lieder liefen. Dazu trugen wir übergroße Pullover, die Reichen von Fila, die Armen von Fishbone. In der Mitte der Eisfläche stand ein DJ-Häuschen. Dort durfte sich jeder eine Zahl abholen und auf seinen Pullover kleben. In den Pausen zwischen den Liedern verkündete der DJ dann, welche Zahl eine sogenannte *Lovemessage* erhalten hat. Ein System, das im Nachhinein noch mal beweist, wie brutal eigentlich aufwachsen ist. Oleg brachte mir Rückwärtsfahren bei und Pirouettendrehen. Ein Eishockeyspieler aus der Juniorenmannschaft brachte Leonie Knutschen und Heavy Petting bei.

Wenn der Sommer begann, schnitten Oleg, Leonie und ich mit einem Bolzenschneider ein Loch in den Zaun des Freibads. Ab da verbrachten wir fast jede Sommernacht dort. Wenn ich an meine Jugend zurückdenke, denke ich oft an die Hügel und die Nächte im Freibad. Wie wir alle nebeneinander auf der Wiese saßen. Gänsehaut, Blue Curaçao gemischt mit Sprite und Zigaretten. Der Geruch von Chlor, billigem Vanilledeo, Gras und Nikotin. Jan Römer kackte in einer dieser Nächte nachts vom Fünfer, weswegen ich danach nicht mehr sprang. Dabei tat ich das gerne. Wenn man nachts vom Fünfer springt, fühlt es sich nämlich so an, als würde man ungebremst ins Schwarze fallen. Man erkennt das Wasser dann erst kurz vor dem Eintauchen. Diesen Moment habe ich immer geliebt.

Wenn ein paar Mädchen nachts nicht mit ins Wasser kamen, hatten sie meistens ihre Periode, was sie natürlich nicht sagten, weil das als *voll peinlich* galt. Alles, was wir über Sex wussten, hatte uns Doktor Sommer beigebracht, und die Jungs hatten zusätzlich und heimlich schlecht produzierte Pornos auf Videokassetten geschaut. Oleg bekam regelmäßig Angebote, Filme aus der Über-Achtzehn-Abteilung der Videothek seiner Eltern zu schmuggeln, was er gegen Bezahlung natürlich auch tat. Die Filme lagerten in einem gesonderten Regal hinter einem schweren Vorhang und trugen Namen wie *Tina, eine Tonne pure Lust* oder *Feuchtes Fotzenfleisch am Spieß*. Besonders beliebt waren auch die Filme des italienischen Pornodarstellers Rocco Siffredi: *Rocco Siffredi bumst Budapest*. Und der zweite Teil *Rocco Siffredi bumst ganz Budapest*.

YouPorn und Facebook lagen noch in ferner Zukunft, wenigstens das. Die *Bravo* prägte unser Vokabular. Wir benutzten das Wort *Petting* ohne Ironie. Es war die Zeit von Kuhfellen, Gina Wild, Nokia-Telefonen, Aufblassesseln und Lavalampen. Während Helmut Kohl das Land regierte, knutschten, schwammen, träumten, froren wir – und das Chlorwasser wusch uns den blaumetallischen Eyeliner von den Lidern. Beim Küssen kannte noch keiner von uns die richtige Mischung aus Zunge, Speichel und Lippen. Die richtige Mischung Sprite und Blue Curaçao kannten wir auch nicht. Ich lernte, dass es eklig ist, einen Raucher zu küssen, wenn man selber keiner ist. Unsere Hände waren oft schwitzig und unsere Wangen rot. Das Antreten von Zweirädern, das Krächzen vom Kotzen, das Zischen von pfandfreien Dosenbieren waren der Soundtrack dieser Provinzsommer.

Ein Sommer war ein besonderer, zumindest hatte uns das die *Bravo* prophezeit. Wir müssen 15 oder 16 gewesen sein. Viele von uns waren schlaksige, schlecht angezogene Dinger, aber unsere Hüften waren schmal und die Haut fest. Bis zu diesem einen Sommer, in dem viele anfingen, die Pille zu nehmen, die der lokale Frauenarzt verschrieb, sobald man seinen ersten Freund hatte, als sei das ein

Gesetz. Von da an vollzog sich bei allen diese Metamorphose. Die Pille machte unsere Hüften weicher und manche leicht schwammig. Da es auch die Zeit war, in der man enge Hüfthosen, wenn möglich bauchfrei, trug, verbrachte ich viel Zeit mit Leonie im Pausenraum, für den Hüften-Check der anderen. Wir wetteten darauf, wer es jetzt trieb oder nicht, und manchmal schauten wir uns beide wissend an. Leonie wurde im Babyschwimmbecken von einem von *Gesamt* entjungfert und bereute es nicht mal einen Monat später. Wir waren *Gymmi*, die von der Schule neben uns *Gesamt*. Die Leute von *Gesamt* hassten die *Gymmis* eigentlich und schubsten regelmäßig irgendwelche Fünfer vor den Schulbus. Leonies erster Akt war also auch einer der Versöhnung.

Ganz am Ende der Straße, in denen unsere Schulen nebeneinanderstanden, gab es noch eine Baumschule, aber ich habe keine Ahnung, was die Leute da genau gemacht haben. Die trugen immer Gummistiefel und kamen mit ihren Treckern zur Schule. Für Leute von der Baumschule hatten wir nicht mal einen Spitznamen.

Leonies Beziehung zerbrach nach drei Wochen. Falls man das Wort zerbrechen in dem Zusammenhang überhaupt verwenden darf. Leonie trauerte eine Woche und hörte melancholische Liebeslieder. Dann verliebte sie sich in einen Skateboardfahrer aus der Parallelklasse.

Ich ging zu der Zeit mit einem Typen, der schon fast zwanzig war, was mir viel Respekt einbrachte und einen Platz hinten im Reisebus auf der Klassenfahrt in die Toskana. Ich lernte ihn im einzigen Kaufhaus des Eisenwaldes kennen, als ich ihn dabei beobachtete, wie er eine Vinylplatte einsteckte. Als er mich sah, erschrak er kurz und ging raus. Er wartete vor der Tür. *Ich brauche die Platte*, sagte er. Ich hätte ihn eh nicht verraten, erst recht nicht, weil es eine Platte von Wu-Tang Clan war. Dann setzten wir uns an eine Bushaltestelle und aßen eine Tüte Haribo Tropifrutti. Am nächsten Tag waren wir zusammen.

Im Vergleich zu allem mit Oleg war das schon das größte Abenteuer, das ich mit meinem Jugendfreund erlebt habe. Er war Altenpfleger und saß nach der Arbeit fast immer zu Hause, hörte Bob Marley, rauchte eine Bong oder schaute Dragon Ball Z.

Oleg, der seine Abneigung gegen meinen Jugendfreund von Beginn an offen zur Schau trug, fragte mich, was ich mit dem eigentlich wollte. Heute weiß ich es: Ich mochte die Einfachheit dieser Beziehung. Die Überschaubarkeit meiner und seiner Gefühle. Ich mochte das Undramatische. Das Gleichgültige, Erwartbare. Das Ungefährliche, was von der Schlichtheit meines Jugendfreundes ausging, machte ihn für mich zum perfekten Partner.

Was Paarkonstellationen betraf, legte ich keinen großen Wert auf Dramatik.

Mein erstes Mal war dann nicht ansatzweise so aufregend, wie es vorher überall angekündigt worden war. Ich fühlte mich auch nicht anders, mir tat nur der Schritt weh, während ich mit meinem Roller über die Berge des Eisenwaldes fuhr.

Mein Stiefvater riet mir, nach dem Abitur eine Ausbildung zur Industriekauffrau in einer Schraubenfabrik in der Nähe zu machen, er kannte den Vorarbeiter gut. Aber wenn ich eins nie werden wollte, dann Industriekauffrau.

Ich hatte dort außerdem schon einen Sommer als Aushilfe gearbeitet und wusste, dass der Vorarbeiter ein Mann war, der uns Schülerinnen *Puppe* oder *Mäuschen* nannte und beim Rausgehen unsere Jeanshintern musterte und ihnen gemeinsam mit den Schichtarbeitern Noten gab. Nur einer der Schichtarbeiter machte dabei nicht mit. Er hieß Manni, ihm fehlten ein Schneidezahn und ein Finger, und er fuhr seit drei Jahrzehnten Gabelstapler.

An den Türen in der Damenumkleide hingen DIN-A4-Zettel, auf denen man gebeten wurde, das vorsätzliche Neben-die-Toilette-Koten zu unterlassen, andernfalls bekäme man eine Abmahnung. Dabei hat in der Damenumkleide nie jemand neben die Toilette gekotet, zumindest habe ich es nie gesehen. Die Arbeit war eintönig und grau. Man stempelte morgens ein und abends aus. Dazwischen packte man stundenlang Schrauben in Pakete. Manchmal kam der Vorarbeiter, stellte sich neben einen und sagte: *Jetzt schlaf mal nicht ein, Fräulein.*

Zu Beginn und am Ende der Pausen schrillte eine Sirene. Und wenn gerade nicht die Maschinen lärmten, dann spielte ein Radio: *Die Gefühle haben Schweigepflicht, was ich wirklich fühle, zeig ich nicht* oder *Auf dem Kilimandscharo der Liebe*. Die Menschen dort waren – bis auf den Vorarbeiter – sehr nett, aber ich bildete mir ein, dass sie langsam jegliche Gesichtsfarbe verloren. Nachts träumte ich von Gestalten, die aus Schrauben bestanden. Ich wollte dort nie wieder hin. Nicht umsonst war ich am letzten Tag lachend mit meiner braunen Lohntüte hinausgerannt, und Manni hatte mir vom Gabelstabler aus hinterhergerufen: *Lauf! Lauf, so schnell du kannst, Mädchen!* Und ich hatte Manni noch einmal zugewunken, und er hatte gehupt und *Gib Gas!* geschrien, und vielleicht wünschte er sich in diesem Moment, auch noch mal jung zu sein und davonzukommen.

Acht

Mein Vater hat auf Zimmer 69 der Aidsstation gelegen und gesagt, na wenigstens das. Von seinem Bett aus konnte er ein Stück vom Himmel sehen, was mich seltsam beruhigt hat.

Im Bett neben ihm schlief ein Mann namens Awolowo, der im Koma lag, und ich weiß nicht mal, ob man dann überhaupt *schlafen* sagen darf. Es war bestimmt nicht schön für meinen Vater, Herrn Awolowo beim Sterben zuzusehen. Und auch deshalb brauchte er das Gras.

Das Gras hatte ich bei Römer gekauft, er behauptete, zu einem guten Kurs, doch jeder Dealer behauptet das. Römer versorgte in der Zeit unsere ganze Oberstufe und hatte deshalb einen tiefergelegten BMW mit Lachgaseinspritzung bar bezahlt. Da hatte er noch nicht mal einen Führerschein. Als ich bei ihm kaufte, war er kurz irritiert und sagte:

– «Marlene, du rauchst doch nie mit, wofür brauchst du das Dope?»

Und ich habe gelacht und etwas gemurmelt, das natürlich eine Lüge war.

Die Einzigen, die von meinem Vater wussten, waren Oleg und die Psychologin. Und natürlich meine Mutter und mein Opa. An manchen Tagen fragte ich mich, warum Dad nicht seine Freunde um Gras bat, aber ich traute mich nicht, ihn danach zu fragen. Immerhin hatte ich als Tochter jetzt endlich eine Aufgabe. Ich kramte also die Blättchen, Filter und den Fünfziger Gras aus meinem Rucksack und sah Dad dabei zu, wie er sich einen Joint drehte, Inside-Out.

An diesem Tag trug mein Vater ein weißes Hemd und einen Brillanten im Ohr, und er sah nicht aus wie jemand, der bald sterben würde, aber ich wusste da schon, dass es so einfach nicht war. Natürlich fragte er mich nicht, wie viel Geld ich von ihm bekomme, aber das war jetzt auch schon egal. Wir waren schon so lange in einer Schieflage, dass ich keine komplette Umkehr mehr erwartete.

Er erzählte, dass der Alte gestern da gewesen sei und wieder nur rumgeschrien habe. Er machte Opa Dudu nach, seinen Befehlston und den Stechschritt, und wir lachten lange. Der Laden laufe schlecht, sagte mein Vater. Vielleicht gehe der Alte pleite. Es klang nicht sonderlich traurig. Um Geld hatte sich mein Vater nie geschert, aber das ist auch einfacher, wenn man mit welchem aufwächst.

Die Psychologin sagte immer, ich solle versuchen, allen Herausforderungen des Lebens irgendetwas Positives abzugewinnen, und ich bemühte mich zwischen diesen zwei Betten, dem Fenster zum Himmel, meinem Vater und Herrn Awolowo etwas zu finden, an das man glauben konnte. Und es gab auch was: Das Beste an Zimmer 69 war, dass mein Vater nicht mehr davonlaufen konnte. Er war kurz vor seinem Tod endlich immer da, wo man ihn erwartete. In diesem Zimmer.

Mein Vater war ein Fluchtwesen. Im Zweifel rannte er davon. Am Tag meiner Taufe sagte er allen, sie sollten schon mal vorgehen, er hätte noch was vergessen. Er war in sein Auto gestiegen und zum Flughafen gefahren, um nach Pakistan zu kommen. Vorher hatte er noch unser Familienkonto leergeräumt. Als meine Mutter ihn einen Monat später fragte, was das war, antwortete er, wir sollten froh sein, dass er überhaupt noch lebe. Als sie fragte, warum, erzählte er eine wirre Geschichte, an deren Eckpunkten er mehrmals nur knapp dem Tod entkam. Zu meiner Einschulung war mein Vater spät dran und musste das letzte Stück trampen, weil er sich mit seinem Rückflug vertan hatte. Als er in die Schule rannte, trug er auf dem Rücken einen Seesack, dazu eine kurze Hose und Flip-Flops. In der Hand hielt er eine matschige Mango, die er stolz meiner Mutter überreichte, warum, verstand niemand. Mir selbst hatte er eine kleine Pfeife mitgebracht. Es gab Jahre, in denen verloren wir uns ganz. Nur manchmal schrieb er eine seiner hastigen Karten auf dünnem Papier.

Dad stellte sich ans Fenster, um den Feuermelder auszutricksen. Die Beatmungsmaschine von Herrn Awolowo brummte, und er selbst gab die schlimmsten Geräusche von sich, die ich je gehört habe. Es waren Sterbensgeräusche, letzte Laute. Mein Vater winkte ab. Er tat immer so, als gehöre er nicht zu den anderen Patienten. So, als wäre er nur durch eine Verwechslung hier gelandet oder durch einen unglücklichen Zufall.

Dann nahm er den ersten Zug. Ich hatte MTV eingeschaltet, damit man die Gurgelgeräusche von Herrn Awolowo nicht mehr so deutlich hörte. Und auch, weil MTV etwas war, worauf man sich Anfang der nuller Jahre noch verlassen konnte. Über den Bildschirm tanzten Destiny's Child an einem Strand und sangen *I'm a survivor.*

Bin ich auch, sagte mein Vater da. *Ein Survivor.* Ich sah erst ihn an und dann die junge Beyoncé, und ich nickte, dabei konnte ich zwischen den beiden beim besten Willen kaum Gemeinsamkeiten feststellen.

Tagsüber, erzählte mein Vater, komme immer eine große afrikanische Familie in bunten Gewändern, stelle sich um das Bett von Herrn Awolowo und singe. Mein Vater konnte nicht verstehen, was sie sangen, aber es hörte sich schön an. *Vielleicht*, vermutete er, *ist Herr Awolowo ein Häuptling. Es gab ja mal einen Kfz-Meister aus Afrika, der in Ludwigshafen Autos repariert hat, aber in Wirklichkeit ein ghanaischer Häuptling war.* Und natürlich war auch das eine dieser Geschichten, die mein Vater liebte. Einmal schaute er auf Herrn Awolowo und sagte: *Afrika, Marlene, das muss ich auch unbedingt noch machen.* Dann hat er wieder von Indien erzählt und einem Mann, der über Scherben laufen konnte, ohne dabei das Gesicht zu verziehen. Und von einem Bettler ohne Beine, den zwei Affen durch die Straße getragen haben. Und ich habe ihm beim Rauchen und Reden zugesehen, wie ich ihm eben immer nur zugesehen habe.

Außer ihm und dem Afrikaner waren nur Junkies auf der Station und ein homosexueller Künstler, und das ist kein Klischee, sondern wahr. Und deshalb wollte er auch nie mit mir in die Stations-Cafeteria, weil er der Meinung war, der Kaffee dort sei zu dünn und der Kuchen schmecke nach Verwesung.

Weißt du, Marlene, was ich gerne machen würde? Ich würde jetzt gerne mit dir in die Stadt gehen und eine Currywurst essen! Ich zeigte auf den Morphiumtropf, er zuckte mit den Achseln und sagte: *Den kann man schließlich schieben.*

Wir sind dann mit dem Tropf vorbei an Herrn Awolowo, raus auf den Flur, der nach Klorix und menschlichem Muff roch, rein in einen dieser riesigen metallenen Fahrstühle und bis nach unten ins Foyer, durch die Schiebetür, und draußen schien tatsächlich die Sonne, und er hat einen Moment gewartet und den Kopf in den Nacken gelegt, sein Sonnenritual. Dann sind wir zügig weiter, bloß weg von diesem kranken Klotz. Ich konnte ihn ja verstehen.

Als ich gefragt habe, ob er eigentlich einfach so rausdarf, antwortete er: *Aber sicher! Dürfen darf man alles.*

Wir sind dann in die Innenstadt, die Räder seines Tropfes ratterten über den Asphalt, und das machte Krach wie fünf billige Rollkoffer.

An der Currywurstbude gab es noch Platz für genau zwei, ein kleiner Tisch ganz am Rand in der Sonne, und das hat gut gepasst. Dad hat ein großes Bier und eine Currywurst extrascharf bestellt und ich eine Currywurst normal, und mir fiel mal wieder auf, wie schnell man sich neben meinem Vater durchschnittlich fühlen konnte.

Das ist das Leben, hat er gesagt und auf den Brunnen gegenüber geguckt, in dem kleine Kinder standen und gespielt haben, und ich habe wieder genickt, weil ich nicht wusste, was ich dazu sagen sollte. Und vielleicht auch, weil ich es mir anders vorgestellt hatte, das Leben. Nicht wie eine Innenstadtpassage in Dortmund, mit Blick auf einen dreckigen Brunnen, in den kleine Kinder pissen.

Wir haben ziemlich lange in der Sonne gesessen und uns diesen Brunnen und die vorbeiziehenden Passanten angeschaut und uns über eine Frau gewundert, die eine Katze an der Leine mit sich führte. Dann hat er noch ein großes Bier getrunken und geraucht, und ich wollte nicht, dass er ein weiteres Bier bestellt, weil er dazu noch einen Joint aufgedreht hat, Inside-Out, deshalb habe ich gesagt: *Komm, wir gehen zurück.*

Ich habe bezahlt, und wir sind in eine kleine Gasse abgebogen. In der Gasse standen Menschen vor einer verglasten Ladenfront in Grüppchen herum, und wir sind beinahe an ihnen vorbeigerattert.

Da können wir ja auch eben noch mal rein, hat mein Vater gesagt und sich den Joint angezündet. Ich war mir nicht sicher, ob das eine gute Idee ist, aber er hat sich einfach durch die Menschen geschoben, rein in den Laden, der eine Galerie war, die gerade eröffnet wurde. Ein Kellner reichte uns Sekt, den ich im Gegensatz zu meinem Vater ablehnte. Um uns schlich ein Fotograf herum, und offenbar waren eine Heranwachsende mit Augenringen und einem tiefhängenden Eastpak-Rucksack und ein Mann am Morphiumtropf, der einen Joint raucht, zusammen auf einer Kunstausstellung ausnahmsweise mal keine Opfer. Der Fotograf hat uns prüfend von der Seite angesehen und dann gefragt, ob sich mein Vater mit seinem Tropf vor eines der Bilder schieben könnte. Mich positionierte er daneben und sagte, ich solle gelangweilt gucken. Lachende Menschen könne er nicht gebrauchen, denn Lachen, das passe nicht zu seiner Fotokunst. Auf dem Bild hinter uns explodierte ein Penis. Das Bild hieß *Freudsche Versprecher in prähistorischen Zwischenwelten.* Es hat dreimal geblitzt, dann ist der Fotograf weitergehuscht. Der Kunstmarkt erschien mir in diesem Moment noch kranker als mein Vater. *Ist doch ganz gut hier, Marlene, sagte der. Schau mal, die Bilder, da fällt dir doch der Kitt aus der Backe. Ich mein, Marlene, ich weiß, wo es Zeug gibt, wenn du das nimmst, dann malst du auch so ein Bild. Dann wirst du auch Millionärin. Dann fliegen wir in die USA, die haben eine Scheißpolitik, aber ganz gute Aidsmedikamente. Guck mal, da vorn gibt es Austern!*

Dann rollte er davon, und die Morphiuminfusion schaukelte am Tropf wie eine gehisste Flagge. Ich blieb stehen und atmete tief. Die Menschen schubsten mich im Vorbeigehen, sie rochen nach teurem Parfum. Sie sahen nicht, dass hier zwei Menschen am Ertrinken waren, und auch nicht, dass ich keine Austern essen wollte. Das Einzige, was ich wirklich wollte, war, dass mein Idiotenvater nicht starb. Ich brauchte den Idiotenvater nämlich noch, aber das konnte ich ihm nicht sagen, weil mein Vater gerade mit einer Auster in der Hand und einem Joint im Mundwinkel und mitsamt seinem Tropf und den Schläuchen und dem silbernen Gestell nach hinten kippte. Ich fing an zu rennen, bevor es schepperte, eine Frau mit rotem Kleid schrie auf. Mein Vater selbst bekam den Aufprall gar nicht mehr mit.

Wir fuhren mit dem Rettungswagen und Blaulicht zurück ins Krankenhaus, und als er aufwachte, meinte er: *Ist doch gut, dann müssen wir nicht laufen.* Der Notarzt gab ihm Spritzen und sagte, er bräuchte auf dem Zimmer einen neuen Tropf. Zu mir sagte der Notarzt:

– «Für einen Schwerkranken riecht Ihr Vater aber ziemlich stark nach Alkohol, Zigaretten und ...»

«Austern», ergänzte ich.

– «Gibt es denn niemanden, der auf ihn aufpasst?»

«Nein», sagte ich.

– «Aha», sagte der Notarzt.

Am Eingang der Notaufnahme kam uns eine Krankenschwester entgegen und schnaubte, als sie meinen Vater in einen Rollstuhl setzte und mich bat, ihn wieder auf sein Zimmer zu schieben.

– «Sie haben keinen Ausgang», sagte die Krankenschwester. «Und Sie haben schon wieder im Zimmer geraucht!»

Mein Vater verdrehte die Augen und murmelte Wörter, von denen ich vermeiden wollte, dass die Krankenschwester sie zu hören bekam. Auch deshalb schob ich den Rollstuhl schneller, einfach, um der Krankenschwester zu entkommen. Ich lief mit meinem Vater vor ihr davon, und ich erinnere mich bis heute gerne an das Rollstuhlrennen zurück, weil es einer der wenigen Momente war, in denen ich mit meinem Vater im selben Team spielte. Die Krankenschwester verfolgte uns bis vor Zimmer 69 mit ihren Vorwürfen. Wahrscheinlich hatte sie recht mit allem, aber ganz ehrlich, wen interessierte das hier noch, es war doch eh schon alles vorbei. Also fast.

Ich blieb vor der Zimmertür stehen, drehte mich um und sah in ihr Gesicht. Es war ein Gesicht, dem man die Schichtdienste der letzten Jahrzehnte ablesen konnte. Die körperliche Arbeit, die Anstrengung. Ich hätte gerne gewusst, was die Krankenschwester in meinem Gesicht sah.

In diesem Moment hörten wir ihn. Diesen elendig langen Ton, den man sonst nur aus Filmen kennt.

– «Herr Awolowo», schrie die Krankenschwester und stürzte an uns vorbei in den Raum. Aber es war zu spät.

Neun

Der letzte Sommer im Eisenwald brach an. Oleg und ich betranken uns jede Nacht, mein Jugendfreund sprach von wahrer Liebe, und ich fragte mich, woher er eigentlich wissen wollte, was das ist, wahre Liebe.

Leonie ließ sich ihr erstes Tattoo stechen. Sie hatte es selbst gezeichnet. Es zeigte ein Kaugummiglas, in dem drei Vögel eingeschlossen waren, die gegen das Glas flatterten. Sie nannte die Zeichnung «Eine Jugend im Eisenwald». Oleg und ich begleiteten sie natürlich zum übellaunigen Tätowierer nach Dortmund, der ihr vorschlug, das Ganze noch mit einem Tribal zu verzieren, was Leonie ablehnte. Das führte dazu, dass er es ihr so wortlos wie widerwillig in die Schulter stach. Die Linien wurden furchtbar dick, aber Leonie hält sie für ihre ehrlichste Tätowierung.

An unserem letzten Schultag brachen wir zum letzten Mal gemeinsam ins Freibad ein, den Ghettoblaster am Anschlag und die Freiheit so nah, tranken wir so viel Wodka-O und Dosenbier, dass sich kaum einer an den Abend erinnern kann. Und das, obwohl etwas geschah, was noch nie vorgekommen war.

Wir kletterten sofort aus dem Wasser, als wir die Polizeisirenen hörten. Sie klangen noch weit genug entfernt, es blieb uns also etwas Zeit, um über die Liegewiese zu flüchten. Ich schrie Leonie an, sie solle sofort aufstehen, und fand in der Hektik selbst meine Shorts nicht, weshalb ich nur in Unterwäsche und T-Shirt und mit der leicht benommenen Leonie an der Hand davonrannte. In der Eile schlitzte ich mir erst das T-Shirt und dann die Haut auf, als ich durch das Loch im Zaun kroch, an dem Oleg schon auf uns wartete. Die Narbe ziert bis heute meinen Rücken.

Blutend und nass versteckten Leonie, Oleg und ich uns in einem Gebüsch und warteten, bis die Luft nicht mehr blau flackerte. Dann liefen wir zu Fuß nach Hause. Leonie nahmen wir in die Mitte, weil sie vom ganzen Wodka-O nicht mehr gut geradeaus laufen konnte. Zwei Typen waren zu langsam, wurden gefasst und von den Bullen nach Hause gebracht und bekamen eine Anzeige wegen Hausfriedensbruch, was natürlich unangenehm war.

In der holzvertäfelten Aula überreichte unser Direktor uns drei Tage später ein Zeugnis und je eine gelbe Blume. Oleg kam natürlich auch zur Verleihung, obwohl er auf der Realschule gewesen war. Es war einer der heißesten Tage des Sommers. Der Direktor hielt eine Rede, in der er sagte, dass wir Ignoranten seien, weil wir Bier an die Unterstufenschüler verkauft hätten. Außerdem sei unsere Abizeitung das Letzte. Ich war die Chefredakteurin der Abizeitung. Im Publikum sah ich Oleg in einem unförmigen Sakko sitzen, er formte mit zwei Fingern ein Victory-Zeichen. Nicole Ludkowski sang auf der Bühne *Forever*

Young. Dann brach Jan Römer zusammen, warum, weiß bis heute keiner. Vielleicht war es wegen der Hitze, vielleicht hatte er kurz zuvor erst wirklich begriffen, dass er sein Abitur bestanden hatte. Mit einem Notendurchschnitt von 3,7. (In der Abizeitung hatte Jan als Lebensmotto angegeben: «Ein gutes Pferd springt nur so hoch, wie es muss.») Als meine Mutter den alten Römer fragte, ob das sein Kind gewesen sei, das da lag, antwortete der:

– «Ja, das war der Jan. Aber ich hätte eigentlich erwartet, dass der Aufprall noch hohler klingt.»

Auf dem Abiball trug ich ein Kleid, für das ich mich heute schäme. Es war gelb und am Saum schräg abgeschnitten. Die Taille zierte eine hässliche Schleife. Es war von Galeria Kaufhof, dort kaufte der Eisenwald eben ein. Ein paar reiche Schraubenfabrikantentöchter fuhren mit ihren Eltern auf die Kö, um dort ein Abendkleid zu besorgen. Aber deren Abendkleider waren nur teurer, nicht schöner. Und somit trugen fast alle ein Kleid, für das sie sich heute schämen sollten.

Oleg saß rechts neben mir am Familientisch, und als die Abi-Auszeichnungen vergeben wurden, gewann ich in «Wer besteigt zuerst den Mount Everest», und Oleg freute sich mehr als ich. Insgesamt war es ein guter Abend. Mein Jugendfreund ging nach dem Hauptgang. Leonie knutschte in einem C&A-Traum aus Türkis mit dem schönen kleinen Bruder von Jan Römer. Ich trank mit meinem anderen Großvater (nicht mit Opa Dudu, der kam gar nicht erst) Grappa, wir tanzten zu Bon Jovis *It's my life*, meine Mutter sagte mir sehr oft, dass sie mich liebt. Mein Opa beschrieb, wie sie im Zweiten Weltkrieg aus Langeweile ihre Fürze angezündet hatten (er war in Italien stationiert). Oleg warf, wohl von der Geschichte meines Großvaters euphorisiert, gegen Mitternacht ein paar Polenböller auf das Dessert-Buffet. Wir gingen ohne Schuhe im Hellen heim.

Am nächsten Tag schlief ich lange aus, frühstückte und fuhr zu meinem Jugendfreund. Er saß vor seiner Bong. Ich sagte, hör zu, das alles hier hat keine Zukunft mehr. Du weißt es, und ich weiß es. Gluckernd zog er den Rauch ein, dann legte er den Kopf nach hinten, und ich dachte, er würde es eigentlich ganz gut aufnehmen, aber dann schrie er plötzlich: *Scheiße noch mal*, und zertrümmerte vor meinen Augen die blaue Glasbong, die ich ihm zu unserem Jahrestag geschenkt hatte, indem er sie aus dem Fenster im zweiten Stock auf die Straße warf. Dann schmiss er die Fernbedienung seiner Anlage hinterher, was das eine mit dem anderen zu tun hatte, blieb unklar. Ich beschloss jedenfalls, dass es besser war zu gehen.

Ich legte seinen Haustürschlüssel auf den Wohnzimmertisch. Er schrie mir nach, er wolle mich nie wiedersehen, was ja auch meinem Plan entsprach. Die *Bravo* hatte mir zwar prophezeit, dass die Verbindung zu dem Menschen, mit dem man sein erstes Mal erlebt, für immer eine ganz besondere sei, aber ich empfand anders. Leonie übrigens auch.

Als ich nach draußen trat, knirschten die Scherben der Glasbong unter meinen Füßen, und ich nahm das als gutes Omen, weil Scherben ja Glück bringen sollen.

Ich fuhr zu Oleg, der sich nach dem Aufstehen ein Paar Wühlmäuse gekauft hatte, denen er gerade versuchte, in seiner Badewanne das Schwimmen beizubringen, und der keine Fragen stellte. Die Neuigkeit, dass ich mit meinem Freund Schluss gemacht hatte, kommentierte er nur mit *endlich*. Ich setzte mich zu ihm auf den Badezimmerboden und schaute auf die Mäuse, die im Wasser mit geweiteten Augen um ihr Leben strampelten. Ich hielt meine Hand ins Wasser, die sie sofort ansteuerten und sich dranklammerten. Mit letzter Kraft krabbelten sie in meine Handfläche und rollten sich zusammen, und ich setzte die beiden in dem Karton ab, den Oleg als ihr neues Zuhause vorgesehen hatte. Diese Mäuse taten mir leid, das unterschied sie von meinem Ex-Jugendfreund.

– «O.k.», sagte Oleg, «entweder können die nicht schwimmen, oder sie wollen es nicht.»

Am nächsten Tag versuchte meine Mutter, mich davon abzuhalten wegzufahren. Mein Stiefvater nicht. Er hatte es sowieso aufgegeben, mir irgendetwas zu sagen, nachdem ich den Job in der Schraubenfabrik abgelehnt hatte. Ich glaube, er wollte mich einfach nur noch loswerden. Dabei hatte ich tatsächlich keine Ahnung, was aus mir werden sollte, wenn es keine Industriekauffrau war, aber dieses *Was werden* war sowieso nur eine Erfindung des Eisenwaldes. *Was werden* bedeutete im Eisenwald: ein Studium abschließen, für Frauen reichte auch eine Ausbildung. Danach: Heirat, Kinder, Eigenheim, Einbauküche, Gemeinschaftsgrab.

So hatte ich mir mein Leben aber nicht vorgestellt. Ich hatte nur noch keinen Plan B, weil ich ja durch diese Jahre im Eisenwald überhaupt nicht wusste, was da draußen noch möglich war.

Ich hatte einen letzten Termin bei meiner Psychologin. Als ich zur Tür reinkam, fühlte es sich fast an wie ein Sieg. Ich hatte durchgehalten.

Sie gab mir einen Brief mit, den ich lesen sollte, falls es mir mal schlechtging. Sie sagte: *Marlene, das Beste, was du tun kannst, ist, da rauszugehen und alles, was war, zu bezwingen, indem du nicht daran kaputtgehst. O. k.?*
Ich nickte.

Wir stellten uns nebeneinander ans Fenster des Kinder- und Jugendhauses, schauten auf das Industriegebiet dahinter, und ich bat die Psychologin, mir auch eine Zigarette zu drehen. Sie überlegte kurz, dann reichte sie mir eine.

Wir rauchten schweigend nebeneinander, und als ich ging, wollte ich noch irgendetwas Bedeutsames sagen, aber stattdessen sagte ich bloß *Danke* und umarmte sie.

Ich nahm nur wenig mit. Einen Schlafsack. Drei ungelesene Bücher. Eines voller Blut. Es war das, das Dad gelesen hatte, bevor er starb. Ein paar Klamotten. Die Briefe. Einen Kompass. Eine Taschenlampe. Eine Kiste mit Krempel deponierte ich auf dem Dachboden. Ich verabredete mit Leonie, in derselben Stadt zu studieren. Was das genau bedeutete, wusste ich noch nicht. Dann stieg ich in mein Auto und fuhr dem Eisenwald davon. Also fast.

Oleg wartete an meinem Opel Ascona auf mich. Er war mit seiner neuen Rennmaschine gekommen, auf deren Verkleidung rote Flammen brannten.

– «Wohin?», fragte er mich.

«Einfach erst mal weg. Vielleicht Spanien. Und dann halt irgendwas studieren.»

– «Okay.»

«Na, frag schon!»

– «Was soll ich denn fragen?»

«Na, weißte schon.»

– «Was?»

«Na, wann ich wiederkomme!»

– «Du kommst nicht wieder», sagte Oleg. «Aber ich komm dich besuchen. Egal, wo du bist.»

«Echt?»

– «Ehrenwort! Also außer, du wirst fad.»

«Werd ich aber nicht!»

– «Dann bleiben wir Freunde!»

Wir umarmten uns. Oleg war gar nicht mehr pickelig und dünn, sondern ganz fest und trainiert, und er roch so, wie nur Menschen riechen, die oft in der Sonne sind. Vielleicht war Oleg der einzige Mensch im Eisenwald, der mich wirklich kannte. Und vielleicht war er auch deshalb, neben Leonie, der einzige Freund, den ich mitnahm.

Ich sagte Oleg, er solle auf die Mäuse aufpassen, weil ich nicht wusste, dass er sie längst freigelassen hatte. Dann schmiss ich meinen Seesack auf die Rückbank und sah etwas Langes, Weißes.

«Was ist das, Oleg?»

– «Das ist für dich», sagte er und startete seine Rennmaschine mit einem Tritt nach hinten.

«Ich hab dir gesagt, du sollst aufhören, mein Auto aufzuknacken.»

– «Amen.»

Es war ein schweres Klappteleskop, wie ich es mir immer gewünscht hatte. Es hatte einen Motor, der die Erdrotation ausgleichen konnte.

«Wo hast du das geklaut?»
– «Berufsgeheimnis!»
«Du bist verrückt. Die sind voll teuer.»
– «Du, Marlene?»
«Ja?»

Dann erzählte er mir, dass er meinem Stiefvater ein Feuerzeug in den Auspuff geschoben hatte. Das Klappern würde ihn in den nächsten Monaten verfolgen. In der Werkstatt würden sie ihm die ganze Scheißkarre auseinanderbauen, aber nichts finden. Es würde ihn garantiert wahnsinnig machen.

Oleg lachte, gab Gas und eskortierte mich noch bis zur Autobahnauffahrt. Ich kurbelte das Fenster runter und schrie: *Jetzt hau endlich ab.* Als ich abbog, blieb er mit seiner Rennmaschine auf dem Seitenstreifen zurück. Ich winkte, aber Oleg Kowalski schaute mir einfach nur hinterher. Aus dem Menschen mit der Rennmaschine wurde ein Punkt im Rückspiegel.

Zehn

Ich zog nach sechs Wochen Europa mit Leonie zusammen. Unsere Wahl fiel auf Hamburg. Als wir das erste Mal über die Elbbrücken fuhren, schrien wir vor Glück. Alles schien möglich. Wenn wir wollten, könnten wir auf eines der Schiffe springen und bis nach China fahren. Der Bassist der Band Kettcar sagte mal: *In Städten mit Häfen haben die Menschen noch Hoffnung!* Und genauso fühlte es sich an.

Leonie begann ein Illustrationsstudium an der Kunsthochschule. Ich versuchte es erst mit Germanistik und Kunstgeschichte, dann mit Politik und Musikvermittlung. Wir fanden eine Wohnung in St. Pauli. Der Vermieter sagte uns beim Einzug: *Hinter dem Haus wird jetzt ein Jahr lang gebaut. Vor dem Haus verläuft der Transenstrich. In den Treppenaufgängen stehen oft Fixer. Im Sommer riecht es nach Pisse. Nachts ist es laut. Ihr könnt die Wohnung haben, aber nur, wenn ihr euch niemals wegen der Pisse, den Transen, den Junkies, dem Krach oder irgendeiner anderen Kacke beschwert!*

Wir versprachen es. Dafür bekamen wir 75 bezahlbare Quadratmeter Altbau mit zwei Balkonen. Als wir einzogen, fühlten wir uns wie Königinnen. Und meine Erinnerung an den Eisenwald verblasste.

Wir knutschten endlich in dreckigen Clubs statt in geschmacklosen Großraumdiscos, tranken Gin Tonic statt Eisenwald-Bier, und alles vibrierte plötzlich, als würde man auf einem Rave zu nah an der Box stehen. Wir fuhren mit unseren Fahrrädern durch die Stadt, und es war, als gehörte alles plötzlich uns. Die Nächte, die Hafenkräne, die Kneipen, die Männer. Unsere Herzen schlugen im Takt der Stadt. Ich fing bei einem Szenemagazin an, Plattenkritiken zu schreiben, und bekam dafür viel Lob und wenig Geld. Und ich stand plötzlich fast immer auf der Gästeliste der ausverkauftesten Konzerte der Stadt. Leonie begleitete mich meistens. Und wenn nicht, saß sie in der Küche und zeichnete einen Skizzenblock nach dem anderen voll.

Bis heute liebe ich das Leben um mich herum. Die rund um die Uhr blinkende Leuchtreklame vom Kiosk gegenüber. Wenn die Leute unten aus dem Elektroclub kommen oder aus der Schwulenkneipe gegenüber, wenn sie aus dem Hotel Austria wanken, um nach Hause zu gehen, vermischen sie sich mit den Neuen, ein ewiger Kreislauf aus Leben und der Sehnsucht danach.

Wenn ich verkatert war, schlief ich bei Leonie im Bett oder schaute Filme, während sie neben mir illustrierte. In einer versoffenen Nacht auf St. Pauli lernte sie Kai Buchtmeister kennen, einen Tätowierstubenbetreiber, der schon Mitte 40 war, ursprünglich aus Kiel kam und seinen Lebenslauf auf dem Körper trug. Leonie war sofort verliebt, ich nahm das zunächst nicht sonderlich ernst. Denn meistens legte sich das bei ihr immer wieder schnell. Bei Kai leider nicht.

Bereits nach wenigen Tagen sprach sie nüchtern Worte aus wie «Traummann» und ich lachte sie dafür aus. Leonie war mir wichtig, deshalb hielt ich nichts von Bilderbuch-Kai. Aber meine Eifersucht war Egoismus. Ich wollte Leonie nicht teilen. Ab jetzt lag Kai ständig verkatert in ihrem Bett. Mich störte alles an ihm.

Sechs Monate später zog Leonie aus und mit Kai zusammen. Ich half ihr sogar dabei, ihre wenigen Möbel aus der WG zu tragen. Danach stand ich lange am Fenster, schaute auf die regennasse Straße und trauerte uns nach.

Bis heute zeichnet Leonie für einen seiner Läden namens Käpt'n Kai. Ihr Studium hat sie dafür abgebrochen, was wahnsinnig dumm war und ich ihr auch genau so gesagt habe. Sowieso haben wir uns am Anfang oft wegen Kai gestritten. Ich warf ihr vor, sie würde sich für Kai aufgeben. Mittlerweile habe ich aufgegeben.

Eine Zeitlang zeichnete sie vor allem Ananasse und Flamingos. Dann kam der Fuchs. Leonie behauptet, das nächste große Ding sei die Monstera. Das ist irgendeine Zimmerpflanze.

Leonies Studio ist nur zwei Straßen entfernt von meiner Wohnung, deshalb gehe ich dort eigentlich regelmäßig vorbei und kraule Tequila, die kleine Bulldogge von ihr und Kai. In letzter Zeit haben wir uns allerdings kaum gesehen: Ich war viel unterwegs und Leonie oft schlecht.

Nach ihrem Auszug bin ich in der Wohnung geblieben. Ihr altes Zimmer vermiete ich wochenweise, so kann ich die Wohnung selbst mit den miesen Einkünften einer freien Journalistin ganz gut halten. Und gerade will ich einfach noch bleiben. Auch wenn die Airbnb-Gäste nerven mit ihren immergleichen Fragen und Erwartungen. Letzte Woche kam einer an mit Pupillen wie Untertassen und einer spindeldürren jungen Spanierin an der Hand an und wollte wissen, wo das Berghain ist. Den hab ich dann in die S-Bahn zum Hauptbahnhof gesetzt. Soll sich doch Berlin um ihn kümmern.

Ich bin eigentlich gerade auf dem Sprung, als Gabriela klingelt.

«Hola chica, was geht?», sagt sie. «Wollen wir rauchen?»

Gabriela ist meine Lieblingstranse, die ich seit unserem Einzug kenne. Sie blieb einfach stehen, während wir die Möbel reintrugen, und als wir fertig waren, sagte sie zu mir: *Wenn du hier einziehst, dann musst du mich kennen. Mich kennen hier alle.* Ich mochte diese Frau, die sich für ein Naturgesetz hielt, direkt.

Gabriela ist über zwei Meter groß und hat meist eine blonde Dolly-Parton-Perücke auf. Sie wohnt in einem Haus in der Schmuckstraße, in dem fast alle südamerikanischen Transen wohnen und in dessen unterster Etage auch noch eine Taverne ist. Gabriela kam vor zehn Jahren aus Brasilien nach Hamburg, weil sie sagt, dass sie hier besser leben kann, auch wenn es immer so frio, frio sei. Also kalt. Wir zünden unsere Zigaretten an. Gabriela steht schon so lange in dieser Straße, dass sie ein Teil von ihr bleibt, selbst wenn sie auf meinem Balkon steht.

– «Machste wieder Geschichte?», fragt Gabriela.

– «Schreib doch mal was über mich, ich kann dir alles erzählen, ich kenn sie alle, spitze Schwänze, stumpfe Schwänze, kranke Schwänze, krumme Schwänze, sogar Tierschwänze!»

«Bäh!», sage ich und verdrehe die Augen.

Gabriela lacht.

«Außerdem bin ich Kulturreporterin!»

– «Ficken ist Kultur!», sagt Gabriela.

Dann erzählt sie davon, dass gerade vor allem arabische Männer zu ihr kommen und dass sie jetzt auch herausgefunden habe, warum. Die Männer seien eigentlich schwul, sie würden auf Schwänze stehen, aber weil sie sich das nicht eingestehen wollen, nehmen sie lieber eine Frau mit Schwanz. Das sei noch die vertretbarere Lüge. Ich kann Menschen, die sich die Wahrheit nicht eingestehen wollen, irgendwie oft verstehen. Die Wahrheit braucht Zeit. Ich wechsele das Thema.

«Sag mal, Gabriela, vor meiner Tür sitzt jetzt manchmal so ein Mädchen und raucht Crackpfeife. Ist die neu?»

– «Ist sie schön?»

«Sie ist wahnsinnig schön, ganz dünn und ganz jung. Wie eine Elfe.»

– «Das ist die traurige Lioba.»

Und dann erzählt sie mir von der traurigen Lioba aus Frankfurt, von Liebeskummer und einem verlorenen Baby.

«Traurige Geschichte», sage ich.

– «Jede traurige Geschichte ist traurig», antwortet Gabriela, als sei das eine ihrer speziellen Weisheiten. Wir stehen noch eine Weile so da und schauen auf zwei brüllende Transen, die sich vor dem Kiosk gegenüber an den Haaren zerren.

«Was ist da los?», frage ich.

– «Geht um wasserfeste Mascara», sagt Gabriela.

Wir warten, bis die eine der anderen die Perücke vom Kopf reißt und sie zu Boden ringt, dann sagt Gabriela: *Pass auf dich auf, kleine Maus!*, und verschwindet wieder.

Ich gehe wieder rein in die Wohnung, der DHL-Bote klingelt und lädt alle Pakete, die er eigentlich bis nach oben tragen müsste, bei mir im Hochparterre ab. Ich würde es an seiner Stelle genauso machen.

SMS von Oleg:

– «Ich hab einen Motor, der morgen unbedingt nach Norderstedt muss, das ist irgendein Dorf bei dir in der Nähe. Soll ich auf dem Rückweg bei dir vorbeikommen?»

«Ja!»

– «Abgemacht. Ich ruf an, wenn ich aus dem Kaff loskomme. Irgendwann gegen Nachmittag.»

«Gut. Ich muss dir unbedingt was erzählen. Schläfst du bei mir?»

– «Natürlich. Das lass ich mir doch nicht entgehen.»

Dann gehe ich los.

Elf

Das Riff ist voll und warm, und ich lasse mich hineingleiten in diese schöne, goldige, wohlige Suffwärme, die es nur in richtig guten Kneipen gibt. Ich bestelle mir ein Bier und denke über die nächsten Monate nach. Von den meisten Freunden meines Vaters kenne ich nur die Spitznamen. Spitznamen kann man nicht googeln. Ich muss meine Mutter fragen, wie und wo ich diese Typen finde. Und ich werde Oleg morgen bitten, mich zu ein paar Besuchen zu begleiten. Ich bin hier mit Leonie verabredet, die sich zu verspäten scheint. (Sie hat noch einen Kunden, dem sie den Arsch tätowiert.)

Neben mir am Tresen sitzt ein Hamburger Original. Das Original beugt sich über den Tresen und ruft jemandem zu: *Weißte, das war so ein Pansen, sah aus wie der junge Bockhorn, dem hab ich erst mal mit dem Stock eins gebrettert!*

«Der junge Bockhorn?»

– «Ja, kennste sicher nicht, biste zu jung für.»

Ich sitze erst fünf Minuten und ein halbes Bier in dieser Kneipe und habe schon den ersten Flashback.

Ich war fünf Jahre alt, als Dad mir Dieter Bockhorn erklärte. Das Scheidungsverfahren meiner Eltern lief, weshalb wir nun in einer kleinen Wohnung am anderen Ende vom Eisenwald wohnten. Papa war seit einem Jahr HIV-positiv, was ich nicht wusste, und ich saß hinten in seinem Kombi. Wir fuhren ins Kino. Ich wollte gerne *Peterchens Mondfahrt* sehen, was wir so auch mit meiner Mutter abgesprochen hatten, aber Dad wollte lieber in die *Ninja Turtles*, was ich meiner Mutter auf keinen Fall sagen durfte, wenn wir zurück waren, denn die Turtles waren erst für Kinder ab zwölf, was meinen Vater aber nicht weiter beunruhigte. Wir sprachen im Auto darüber, wen wir alles so generell ganz gut fanden. Ich mochte die *Gummibärenbande* und *Kurt* von der Kinderhitparade. Hier kommt Kurt, ohne Helm und ohne Gurt, einfach Kurt. Dad sagte, er bewundere Dieter Bockhorn.

«Wer ist das, Papa?»

– «Das ist ein Prinz aus Hamburg. Der hatte einen Affen.»

«Einen echten Affen?»

– «Ja.»

«Als Haustier? Ohne Witz?»

– «Ohne Witz. Und der hatte eine ganz teure Uhr, eine goldene Rolex, so wie Opa. Und damit die niemand klaut, hat er sie in einem Aquarium voll mit Piranhas aufbewahrt.»

«Was sind Piranhas, Papa?»

– «Fleischfressende Fische.»

«Hatte der keinen Tresor? Oder einen Geldspeicher?»

– «Weiß ich nicht. Wir können ihn auch nicht mehr fragen, Dieter Bockhorn lebt nicht mehr.»

«Warum nicht?»

– «Der hatte einen Unfall in Mexiko. Ist mit seinem Motorrad gegen einen Lastwagen geknallt. Klatsch! War sofort tot.»

«Und warum findest du den gut?»

– «Der hat einfach gemacht, was er wollte. Der hatte keine Angst.»

«Kurt hat auch keine Angst.»

Mein Vater seufzte und sagte, dass Bockhorn überall hingereist sei mit einem großen Bus, den er selbst ausgebaut hatte. Der habe die ganze Welt gesehen. Afghanistan, Pakistan, Nepal, Indien. Der war frei.

Ich habe damals nicht verstanden, was genau daran gut sein soll, die ganze Welt zu sehen. Mein Leben passte auf ein Blatt Papier, das Mama an die Kühlschranktür hängen konnte. Ich wünschte mir, dass meine Eltern einfach wieder zusammen waren und wir gemeinsam in der großen Wohnung mit der Dachterrasse lebten. Jahre später, da war Papa längst tot und ich an der Uni, googelte ich *Dieter Bockhorn* und fand das Idol meines Vaters sofort. Er hatte auch Locken, trug helle Jeans und einen beeindruckenden Schnäuzer. Ich las, dass Bockhorn in Hamburg Puffs betrieben habe und dass er kein Adeliger war, sondern nur der *Prinz von St. Pauli*, ein Ludenkönig. Dazu politoxikoman, was bedeutet, dass Dieter Bockhorn einfach alle Drogen konsumierte, die es zu der Zeit gab. Bockhorn war zehn Jahre mit der 68er-Ikone Uschi Obermaier zusammen. Sie bereisten den Hippie-Trail im Mittleren Osten und wurden in Indien für Könige gehalten. In den

Siebzigern, in den Jahren, in denen mein Vater erwachsen wurde, standen Bockhorn und Obermaier für maximale Freiheit. Diese Freiheit, dieser Abenteuermythos muss es gewesen sein, um den mein Vater Bockhorn beneidet hat. Uschi Obermaier hätte Keith Richards haben können, aber sie hatte einen Hamburger Luden gewählt. Ich las alle Interviews, in denen Obermaier über Bockhorn sprach. Er hatte sie geliebt, aber auch geschlagen. Einer Tageszeitung sagte Obermaier: *Er war ein Prinz. Aber er war auch ein Macho-Arschloch. Er hatte seine eigene Magie.*

Über die Theorie, dass Bockhorns Unfall in der Silvesternacht 1983 nicht nur ein Unfall war, sondern Absicht, hatte mein Vater im Kombi nichts erzählt. Bestimmt war sogar ihm klar, dass eine Fünfjährige das nicht versteht. Aber falls es stimmt, war das Leben von Bockhorn vielleicht doch nicht so super, wie mein Vater geglaubt hat.

Das Original in der Kneipe behauptet jetzt, Dieter Bockhorn gut gekannt zu haben.

«Und was war der so für ein Typ?», frage ich.

– «Ganz ehrlich?»

«Natürlich!»

– «Ein egoistisches Arschloch.»

«Inwiefern?»

– «Bockhorn hat sich vor allem für sich interessiert. Dann kam lange nichts. Und dann wieder er.»

«Er war das Idol meines Vaters», sage ich.

– «Da gibt es aber andere, die er sich hätte aussuchen können», sagt das Original. «Bockhorn war doch noch nicht mal politisch. Der war einfach nur er selbst.»

«Manche», wende ich ein, «sind ja noch nicht mal das.»

Wir bestellen beide noch ein großes Bier.

– «Wer war denn dein Vater? Kenne ich den?»

«Nee. Den kenne ja noch nicht mal ich.»

Das Original erzählt noch Geschichten über den Niedergang St. Paulis, die erbärmliche Beerdigung von Karate-Tommy, Mitglied der Nutella-Bande, Abteilung Stress, und von einem Luden, der damals ein ganz Großer war und jetzt nur noch 3D-Tausend-Teile-Puzzles in seiner Sozialwohnung hier um die Ecke zusammenbaut.

– «Musste dir mal vorstellen, gestern der Ludenkönig, heute der Puzzlekönig.»

Das Original lacht, so ein tiefes, dreckiges Alkoholikerlachen, und erzählt, dass einige der 3D-Puzzles des Ludenkönigs im Dunkeln leuchten würden. Ich höre nicht mehr richtig zu.

– «Für die Vorstellung von gestern gibt es heute keinen Applaus», sagt das Original noch.

«Ich muss los.»

– «Jetzt schon?»

«Ja.»

– «Ich wollte doch noch erzählen ...»

Tut mir leid. Ich winke Fred zu, der hinterm Tresen steht. Er soll das Bier auf meinen Deckel packen. Ich zahle nächstes Mal. Und Fred nickt.

Ich schreibe Leonie, dass ich unbedingt nach Hause muss. Wir verabreden uns vage für die nächste Zeit, sie will mir etwas erzählen. Und das will ich ja auch.

Dieter Bockhorn, der König meines Vaters, ein Egoist.

Man kann in dieser Nacht keine Sterne sehen, nur Wolken. Sie fallen direkt aus dem Himmel und bleiben auf meinen Schultern liegen.

Zwölf

Meine Großeltern gaben meinen Vater als Kind in ein Internat, es sah aus wie ein Schloss, und er hat es gehasst. Das hat er mir erzählt, als ich in einem Alter war, in dem alle Kinder Internatsbücher lesen und sich dabei immer ein bisschen wünschen, auch in einem Internat zu leben. Dad fand diese Bücher Mist. In seinem Internat haben sie ihm beim Essen Briefumschläge unter die Achseln geklemmt, damit er gerade saß und nicht über den Tisch langte. Wenn einer der Briefumschläge auf den Boden fiel, musste er in der Ecke stehen, mit dem Rücken zum Speisesaal. Morgens zwang man die Jungen, eine Runde um das Schloss zu rennen und danach kalt zu duschen. Disziplin sei das Wichtigste, hätten die Lehrer immer gesagt, aber Disziplin, war sich mein Vater seitdem sicher, machte alles kaputt, alles. Vielleicht hat er sich im weiteren Verlauf seines Lebens auch deshalb so konsequent gegen die Disziplin entschieden.

Den Vormittag verbringe ich im Schlafanzug, Fruit Loops essend vor dem Laptop. Als ich in dem Internat anrufe, um mich nach der Schulakte meines Vater zu erkundigen, muss ich seinen Namen drei Mal buchstabieren, bis mir die Sekretärin sagt, dass diese Akte bereits vernichtet wurde. Auch an einen Ferdinand, der vom Dach gefallen sei, könne sie sich spontan nicht erinnern. Sie arbeite aber auch noch nicht lange *hier*.

Ferdinand war ein Junge aus der Nähe von Gütersloh, dessen Eltern Zahnärzte waren. Mit Ferdinand ist mein Vater mal an einem Abend aus dem Internatszimmerfenster raus und über die Dächer geklettert, rüber zum Mädchentrakt, was natürlich verboten war. Es war kurz vor den Weihnachtsferien, und während Ferdinand und mein Vater bei den Mädchen rumsaßen, setzte Regen ein, und das Wasser gefror auf dem Teerdach. Ferdinand ist auf dem Rückweg ausgerutscht. Mein Vater war vorgelaufen, und als er sich umdrehte, sah er noch, wie Ferdinand auf der Schräge Richtung Abgrund rutschte und in der Dunkelheit verschwand. Er hat um Hilfe geschrien, und das ganze Internat ist aufgewacht. Mein Vater ist dann durchs Treppenhaus runter, und dort lag Ferdinand ganz verrenkt im Innenhof, und der Pförtner war schon da und ein Krankenwagen auf dem Weg. Ferdinand überlebte den Sturz, aber danach war er trotzdem nie mehr so wie vorher.

Mein Vater bekam eine Woche Sprechverbot und Extraaufgaben, er durfte bis Weihnachten nicht nach Hause. Nach den Winterferien weigerte er sich, zurück ins Internat zu gehen. Meine Großeltern gaben ihn auf das Gymnasium in der Nähe ihres Ladens, was ihn glücklicher machte. Auch, weil er nun in der Nähe seines besten Freundes wohnte: Bremer. Bremer brachte sich um, kurz bevor mein Vater erkrankte. Er ging in den Keller und jagte sich einen Liter hochgiftiges Pflanzenschutzmittel in die Venen. Man weiß bis heute nicht, warum.

Gabriela klingelt und will, dass ich zum Rauchen runterkomme, damit sie kein Geschäft verpasst. Als sie sieht, dass ich noch meinen Schlafanzug trage, sagt sie: *Schatzi, du siehst aus wie Penner. Such dir mal einen richtigen Job!* Mir fällt ein, dass ich noch zwei Plattenkritiken schreiben muss, was mir pro Text 150 Euro einbringt, die ich dringend brauche. Nach der Zigarette laufe ich hoch, lege mich auf mein Bett, setze mir die Kopfhörer auf und streame die Platten. Eine ist gut, die andere nicht. Wie im echten Leben, denke ich. Yin und Yang.

Gegen Abend höre ich Olegs Maschine, renne auf den Balkon und sehe ihn auf dem Hinterrad die Straße hoch- und runterfahren, während die Transen applaudieren. Es ist ein bisschen wie *Romeo und Julia auf dem Transenstrich*, als mir Oleg eine Kusshand zuwirft und mir klar wird, dass ich immer noch den Schlafanzug anhabe.

Gabriela hat Oleg unten aufgegabelt. Sie bringt ihn mir bis zur Haustür. Oleg und Gabriela verstehen sich gut, aber wie sollte es auch anders sein. Oleg liebt Gabrielas Geschichten über den Kiez von damals, die goldenen Zeiten der Sexclubs und der großen Luden. Gabriela liebt an Oleg, dass er Motorräder mit Flammen fährt ohne ein Lude zu sein, und dass er sie immer mit *die Königin* anspricht und ihre Hand küsst.

«Chica, bringe ich dir persönlich diesen Gentleman», sagt Gabriela. «Exklusiver Escortservice!» Oleg und ich umarmen uns lange, Gabriela schimpft wieder über meinen Schlafanzug, auch deshalb ziehe ich mich endlich an. Ich frage sie, ob sie bleiben möchte, aber sie sagt, sie hätte Kunden, und verschwindet.

Zum Abendessen gibt es Forelle von Aldi, und wir reden lange darüber, dass das ein guter Songtitel wäre, Forelle von Aldi. Ich erkläre Oleg, so gut es eben geht, dass ich unbedingt jetzt alles über meinen Vater herausfinden muss, weil ich nicht so enden möchte wie der Speditionsjörn. Und damit ich endlich glücklich sein kann. Der Satz ist mir sofort peinlich, aber Oleg verzieht keine Miene, wiegt nur seinen Kopf und sagt: *Klingt gut.*

Nach dem Essen holen wir uns Mate und billigen Sekt vom Kiosk, mischen beides zusammen, gehen runter zum Hafen und legen uns unter die zwei Plastikpalmen, und der Himmel ist generös und gibt den Blick auf die Sterne frei. Aus den Boxen neben uns ertönt:

Unter Palmen aus Plastik
Ein Meer aus Benzin, ohne Sand, aber macht nichts
Drehe Runden auf'm Roller,
wird 'n bisschen kalt, wenn es Nacht ist
Ich verbrenne mein Weed unter Palmen aus Plastik

Ich erzähle Oleg, dass ich einen Typen gefunden habe, der früher mit meinem Vater befreundet war. Er heißt Wippo. Ich habe ihn aus dem Internet. Er wohnt in Berlin. *Na dann*, sagt Oleg, *fahren wir da morgen zusammen hin.*

Er hätte doch eh nichts vor und wolle Zeit mit mir verbringen.

Ich will nicht, dass Oleg mich für ein selbstmitleidiges Opfer hält. Deshalb sage ich ihm, dass man das alles auch nicht überdramatisieren muss. *Es gibt natürlich Kinder mit wirklich schlimmen Biographien. Also, missbrauchte Kinder oder Kinder, die in irgendwelchen kranken Sekten aufwachsen müssen oder so was. Das weiß ich. O.k.?*

Oleg nickt. *Aber Marlene*, sagt er, *darum geht es doch gar nicht, also darum, sein Schicksal an anderen zu messen.*

«Um was geht es denn dann?», frage ich.

– «Um Sehnsucht», sagt Oleg.

«Du bist ja ein richtiger Sehnsuchtsexperte», sage ich und lege meinen Kopf auf Olegs Brust und genieße diese Nähe, die nichts erwartet, sondern einfach nur schön ist.

Später mache ich Oleg das Airbnb-Zimmer fertig, er trägt nur eine Simpson-Boxershorts, als er ins Bett kriecht und mir erzählt, dass er sich überlegt, wieder ein Haustier zu kaufen, aber er wüsste nicht, welches. Die Wühlmäuse waren ihm zu talentfrei, ein Hund sei zu dumm, eine Schlange zu asozial, ein Fisch zu langweilig, er denke über eine Katze nach, eine kleine, schlaue, mutige Katze. Was ich davon halten würde? Ich sage ihm, dass ich ihn nicht als Tierhalter sehe, er sei für andere Dinge besser geschaffen. Oleg schnaubt verständnislos. Ich rate ihm, es erst mal mit einer Zimmerpflanze zu versuchen. Auf dem Nachttisch liegen sein Helm und ein Buch mit dem Titel *Künstliche Intelligenz*. Ich wünsche ihm eine gute Nacht und gehe ins Wohnzimmer. In die Suchleiste meines Laptops tippe ich das Wort *Sehnsucht* ein.

Sehnsucht ist ein inniges Verlangen nach Personen, Sachen, Zuständen oder Zeitspannen. Sie ist mit dem Gefühl verbunden, den Gegenstand der Sehnsucht nicht erreichen zu können.

Draußen lachen die Transen, und als ich die Balkontür öffne, um die letzte Zigarette des Tages zu rauchen, riecht es nach Sommer.

Dreizehn

Ich stehe vor dem Kleiderschrank, der eigentlich nur eine Kleiderstange ist, und frage mich, was ich anziehen soll. Woraufhin Oleg anmerkt, dass das völlig egal sei. Das stimmt aber nicht. Es ist nie irgendetwas wirklich egal. Und außerdem möchte ich, dass mich der Freund meines Vaters aufregend findet. Oder zumindest lässig. Er soll sehen, dass ich die Tochter seines alten Freundes bin. Oleg zuckt mit den Achseln und geht in die Küche.

Ich ziehe eine Jeans an, ein weißes T-Shirt und meine Lederjacke. Damit sehe ich eigentlich aus wie immer. Als ich zu Oleg rübergehe, hat er schon Kaffee gemacht. *Weißt du*, sagt Oleg, *wenn wir Eier hätten, dann könnten wir Eier machen*. Ich stelle Cornflakes auf den Tisch. Oleg schlägt vor, mit dem Motorrad nach Berlin zu fahren, aber ich habe keine Lust, auf der Autobahn so lang auf einem Zweirad zu hängen, und deshalb nehmen wir mein Auto. Das Auto steht in der Tiefgarage des Nuttenhochhauses. So wird das weiße Hochhaus am westlichen Ende der Reeperbahn genannt, weil dort eben – zumindest früher – viele Prostituierte kleine Apartments besaßen, in denen sie lebten und arbeiteten. Früher, hat mir Gabriela erzählt, hieß das Nuttenhochhaus *Todes-Turm*, weil so viele davon runtersprangen. Wir laufen also rüber zum Todes-Turm. Der Himmel ist blau, und der Kiez verströmt seinen einzigartigen übelriechenden Duft. Ein Gemisch aus Pisse, Dreck und vergorenen Caipirinhas.

Den Opel Ascona habe ich leider irgendwann in einer Kurve zu Schrott gebrettert. Ich musste sechs Wochen eine Nackenkrause tragen, die meinen angebrochenen Halswirbel stabilisiert hat. Seitdem fahre ich einen grünen Manta A, nicht tiefergelegt, keine Rallyestreifen. Oleg hat ihn mir für wenig Geld aus Skandinavien besorgt und fit geschraubt, aber ich habe mich geweigert, den Fuchsschwanz aufzuhängen, den er mir dazu geschenkt hat. Wir machen «Schnickschnackschnuck», wer fahren darf, und Oleg gewinnt.

Im Radio suchen sie den *Stärksten Mann Hamburgs*, er soll bald auf der Trabrennbahn im Osten der Stadt gekürt werden. Die Psychologin hätte das grässlich gefunden. Männliches Kräftemessen war ihr zuwider. Oleg findet es natürlich spannend und dreht das Radio lauter. Dann fragt er mich, zu wem genau wir jetzt eigentlich fahren. Ich sage: «Zu Wippo.»

Wippo war ein Freund meines Vaters, sie gingen gemeinsam aufs Gymnasium in der Nähe des Ladens. Und mit Wippo war mein Vater in Marokko. Es war ihre erste große Reise, und sie waren beide erst 17. Meine Mutter erinnerte sich an Wippos richtigen Namen, und da er jetzt bei einer Sozialeinrichtung für Jugendliche in Berlin arbeitet, habe ich Wippo leicht gefunden. Als ich ihn angerufen habe, sagte er sofort, ich solle doch Freitag kommen, da habe er immer frei.

Die Fahrt von Hamburg nach Berlin dauert drei Stunden, und obwohl Oleg ein routinierter Langstreckenfahrer ist, wird ihm irgendwann langweilig. Er schlägt mir vor, dass ich meinen nackten Arsch aus dem Fenster raushänge und er die Lastwagen auf der rechten Spur links hupend überholt. Als ich mich beharrlich weigere, fährt er rechts ran, und wir wechseln die Plätze. Oleg zieht seine Hose runter und hält seinen Arsch aus dem Fenster, und ich überhole hupend ein paar Lastwagen und ein paar hupen zurück, mehr aber auch nicht. *Hast recht gehabt*, sagt er, *war langweilig. Aber manchmal muss man Sachen einfach machen, weil man sie im Kopf hat, weißt du?* Ich nicke.

Den Rest der Fahrt unterhalten wir uns über den bevorstehenden Sommer und über die Reisen, die ich machen möchte. Wen ich finden muss und was ich suche. Oleg fragt, ob er mitkommen kann zu einer meiner Reisen, aber ich bleibe in meinen Antworten vage. Ich möchte Oleg nicht verletzen, habe aber das Gefühl, das alles vielleicht alleine machen zu müssen. Während der Fahrt studiere ich Olegs Profil. Oleg ist ein Mann, der von der Seite schöner ist als von vorne. Eine Profilschönheit.

Wir parken den Wagen und laufen zwei Straßen weiter zu der Adresse, die mir Wippo genannt hat. Er wohnt in einem Haus am Gleisdreieck. Er öffnet die Tür barfuß und mit einer selbstgedrehten Zigarette im Mund. Sein Gesicht ist rund und seine Stimme tief. Er muss früher mal ein schöner Mann gewesen sein.

Er schaut in mein Gesicht wie in eine Glaskugel und sagt: *Ja, ja, Pepes Tochter, das sehe ich wohl sofort. Kommt rein!* Der Spitzname meines Vaters war Pepe.

Der Dielenboden unter unseren Füßen knarzt, ich stelle Oleg vor, und Wippo sagt: *Schön, schön. Jetzt trinken wir erst mal einen Kaffee, oder? Ist ja noch früh am Tag.*

Er hat Melone aufgeschnitten, seine Freundin Valentina bringt später noch frische Erdbeeren vom Markt. Obwohl Wippo ein entspannter Typ ist, erinnert er mich mehr an einen Alten als an einen Abenteurer. Von meinem Vater wird es nie eine alte Version geben, denke ich. Wie bei den Mitgliedern des Club 27.

Die Sonne scheint durch das große Küchenfenster, und draußen zwitschern die Vögel. An den Wänden hängen bunte Bilder und Fotos seines Sohnes, der gerade zu Besuch ist, aber sonst in Amerika lebt. Der Sohn von Wippo ist so alt wie ich und verheiratet. Zwei Kinder, ein kleiner Hund. Wippo erzählt von der Hochzeit in Kalifornien und zeigt Fotos davon auf seinem Smartphone. Als er fragt, ob Oleg und ich verheiratet seien, winke ich ab. Wippo reicht uns zwei Tassen Kaffee, dreht sich direkt noch eine dünne Zigarette und sagt, gerade sei der *Chef* gestorben, der ganz oben im Haus gewohnt habe, ein afrikanischer Häuptling, ehrlich wahr. Sie nannten ihn alle nur Chef und seien immer noch ganz traurig über seinen Tod. Es klingt wie eine dieser Abenteuergeschichten meines Vaters. Dann läuft er ins Wohnzimmer und kommt mit vielen in Leder eingeschlagenen Fotobüchern zurück. *Was genau wollt ihr wissen?*, fragt er.

«Am besten alles über meinen Vater», antworte ich.

«Wie war er so? Wovon hat er geträumt, woran ist er kaputtgegangen? Wieso die ganzen Drogen?»

– «Nach den Drogen», sagt Wippo, «müsst ihr am besten Mücke fragen, der weiß da mehr. Und auch wegen seiner letzten Reisen in Asien. Da war ich nicht dabei. Ich kann dir aber Mückes Nummer geben, das ist kein Problem. Der wohnt ja sogar immer noch im Eisenwald.»

Wippo erzählt, dass er den letzten LSD-Trip mit meinen Vater in den 80ern geschmissen habe, er habe das Zeug nie gut vertragen und sei danach bei Marihuana geblieben.

Wippo erinnert sich an Marokko, als wäre es gestern gewesen. Er zeigt uns die Fotos in den Alben: Mein Vater, wie er die Fähre in Gibraltar besteigt und später mit nacktem Oberkörper vor der Festung in Essaouira posiert. Wie er durch die Straßen Marrakeschs läuft mit einem dicken Joint in der Hand. Wippo erzählt, dass sie gegen den Westen waren damals, Amerika, das hätte sie nicht gereizt, aber Marokko war perfekt. Überall gab es Dope und Tee, und alles sah anders aus. Sie wollten unbedingt nach Essaouira, weil dort auch Jimi Hendrix war. In den 70ern, erklärt mir Wippo, war Essaouira ein Pilgerziel der Hippies und eines der ersten Aussteiger-Exile.

Wippo holt noch mehr alte Fotos raus und auch die Karten, auf denen sie damals die Strecken eingezeichnet haben. Die genaue Tour. *Marokko 1977* steht darüber. Die meisten Notizen stammen von Wippo, nur ab und zu erkenne ich die krakelige Schrift meines Vaters wieder. *Wenn du willst*, sagt Wippo, *kannst du das alles mit-*

nehmen. Ich nehme die Karten und stecke sie ein. Wippo erzählt davon, wie er und mein Vater sich vor Marokko impfen lassen mussten. An diesem Abend war im Eisenwald Schützenfest.

Schützenfest ist ein wichtiges Ereignis im Eisenwald. Alle gehen dorthin, die mittelständischen Stahlunternehmer, die Halbstarken, selbst unsere Lehrer. Es werden Zelte aufgebaut und Bratwurstbuden und Feuerwehrstände, und alle besaufen sich kollektiv. Je besoffener man ist, desto mehr Anerkennung bekommt man von außen. Es ist nicht selten, dass Menschen auf dem Schützenfest an den Stehtischen einfach rücklings nach hinten umkippen, während sie im Gespräch sind. Die anderen reden dann meistens weiter, bis der Gefallene wieder aufsteht oder irgendjemand vom THW oder der Familie den Betrunkenen wie einen Toten wegschleift.

Der Arzt jedenfalls hatte Wippo und meinem Vater nach der Impfung wohl gesagt, Alkohol sei tabu, Schützenfest hin oder her, denn beides packe der Körper nicht. Schützenfest ohne Alkohol war natürlich eine Aussage, die nur schwer zu verkraften war. Wippo hielt sich daran. Mein Vater nicht. Wippo verlor ihn im Gewimmel des Schützenfestes und fand ihn später betrunken im Musikexpress, eingerahmt von zwei schönen blonden Frauen, selig grinsend. Wippo sah meinen Vater, die Lichter des Musikexpress, er sah die fliegenden Haare, blonde Strähnen, dunkle Locken und weiße Zähne, und immer, wenn der Zug an Wippo vorbeifuhr, reckte mein Vater die rechte Faust und schrie: *Marokko, Wippo! Wir fahren nach Marokko!*

Immer, wenn er an Pepe denke, dann denke er an diesen Moment im Musikexpress, sagt Wippo. Dieser Moment habe alles vereint, wonach sie sich gesehnt hätten. Aufbruch, Freiheit. Schöne Frauen.

Wippo schweigt jetzt und muss auch lächeln. Es sieht so aus, als vermisse er die zwei Menschen, die sie damals waren. *Was man früher alles für möglich hielt*, murmelt Wippo. Es klingt, als seien die meisten Güterzüge in dem Bahnhof seines Lebens bereits abgereist, und vielleicht ist das ja auch so, wenn man schon älter als sechzig ist.

– «Wir haben immer dieses Lied gehört, *Marrakesh Express*, und wir waren so glücklich. Man konnte mit deinem Vater gut glücklich sein und so frei. Wenn du ihm was Verrücktes vorgeschlagen oder erzählt hast, hat er immer direkt gesagt: Ja, Alter, Alter, lass uns das machen! Und als wir in Essauoira angekommen sind, ist er losgelaufen.»

«Was war denn nicht so gut an meinem Vater, Wippo?», frage ich.

– «Ich würde jetzt nicht sagen, nicht gut. Aber er war halt ein Träumer. Und ein Drogenmensch. Ich mein, wir haben alle ordentlich zugelangt, aber dein Vater kannte keine Grenzen. Der hat sich immer weiter nach oben geschraubt, verstehst du? Und das andere, na ja.»

«Was war *das andere*?»

– «Dein Vater, wie soll ich sagen, ach, es war eben nicht immer alles hundertprozentig so, wie er gesagt hat.»

«So hundertprozentig was?»

Wahr, murmelt Wippo. Und als ich nach einem Beispiel

frage, fallen ihm etwa ein Dutzend ein. Wippo beteuert wieder und wieder, dass mein Vater nicht böse gewesen sei und dass er niemandem von der Krankheit erzählte, weil er das einfach, ja, irgendwie verdrängt habe. Nur ein Mal habe er noch bei Wippo angerufen – kurz vor seinem Tod. Wippo sagt, er müsse immer wieder an diesen einen Satz denken, den er damals gesagt habe.

«Was für einen Satz denn?»

Und Wippo sagt nichts und schaut runter und schweigt.

Er hat gesagt: *Wippo, ich sterbe. Und ich habe eine Scheißangst.*

Mir gegenüber hat mein Vater nie zugegeben, Angst zu haben, denke ich.

«Hat er auch manchmal was von mir und meiner Mutter erzählt?»

– «Das eher nicht», sagt Wippo. Und als er merkt, dass das keine gute Antwort ist, schiebt er hinterher: «Aber er hat euch geliebt. Sehr sogar.»

Aber das ist nur ein Spruch, und als solcher steht er da. Wippo weiß das. Ich auch.

Ich will wissen, was mit Bremer war. Dem besten Freund meines Vaters.

«Warum hat er sich umgebracht?»

Bremerchen, sagt Wippo. Ach, das wüsste niemand so genau. Er habe Schulden gehabt und dazu das viele LSD, eines Tages sei er runter in den Keller, und dann war es vorbei.

– «Deinen Vater hat das ziemlich aus der Bahn geworfen», sagt Wippo. «War echt totale Scheiße.»

Weißt du, sagt Wippo und dreht sich noch eine Zigarette, *was das Problem war?*

«Was denn?», fragt Oleg.

Und Wippo erzählt uns von einer Theorie, die er «den späten Sieg der Väter» nennt. Der späte Sieg der Väter habe viele kaputtgemacht, aber meinen Vater besonders. Viele aus Wippos Generation seien nach dem Abi erst einmal weg vom Eisenwald, weg von den mittelständischen Eisen- und Wurstwarenhandeln ihrer Eltern, sie hätten studiert, seien gereist, hätten Drogen genommen, politisch rebelliert und sich frei gefühlt, aber irgendwann hätten die Väter sie wieder zurückgeholt in das Leben, welches sie eigentlich für ihre Söhne vorgesehen hatten. Sie sollten die Betriebe übernehmen – genau wie mein Vater. Am Ende lebten sie dann doch das Leben ihrer Eltern. Das sei, sagt Wippo, der Fehler gewesen. Oder eben das Verhängnis. Der späte Sieg der Väter.

Wippos Sohn kommt rein. Er trägt seine Tochter auf dem Arm. Sie hat zwei blonde Zöpfe, quiekt und streckt die Arme aus zu Wippo, der sie sofort auf den Arm nimmt und küsst.

Plötzlich fühle ich mich nicht mehr wie ein Gast, sondern wie ein Patient. Es ist ein ganz seltsames Gefühl, das mich übermannt. Mir wird klar, dass mein Vater niemals sein Enkelkind auf dem Schoß wiegen wird. Er hat es ja nicht mal mit mir gemacht, zumindest kann ich mich nicht daran erinnern. Mir fällt nur ein, dass mein Vater, wenn er auf mich aufpasste, während meine Mutter in der Squash-Halle arbeitete, mich manchmal mit in die Kneipen nahm und auf die Tresen setzte, weil ich von dort nicht runterspringen konnte. Ich will es nicht, aber ich beneide Wippos Sohn und seine kleine Tochter.

Oleg merkt das und sagt: *Komm, wir gehen.* Wippo sagt, wir müssten nicht gehen, es sei doch richtig schön. Sein Sohn steht immer noch in der Tür.

«Nein, nein, Wippo», sage ich. «Wir müssen los. Danke für die Karten und Fotos und die Nummer von Mücke. Das hilft uns schon sehr.»

Oleg nickt.

Dann gehen wir und wissen nicht so recht, wohin. Wir laufen einfach durch die Straßen Kreuzbergs. Oleg fragt mich, ob ich Hunger habe, was ich verneine. Er geht in einen Falafelladen. Ich bleibe davor stehen. Er kommt raus und fragt, ob ich mal beißen möchte, was ich verneine. Oleg isst, ich gehe neben ihm her. Die Sonne scheint. Wir laufen immer weiter. Oleg fragt mich, ob ich den Weg zurück zum Auto wüsste, ich nicke, obwohl das nicht stimmt.

Irgendwann bleibe ich stehen und schaue in die Vitrine eines Buchladens. Es ist ein ganz kleiner Buchladen, und darin steht ein Mann mit kastanienbraunen Locken. Der Mann dreht sich zu mir um, er sagt etwas, wahrscheinlich will er, dass wir reinkommen. Aber was genau er sagt, höre ich nicht.

«Oleg», flüstere ich, «kannst du mich bitte nach Hause bringen.»

Und Oleg nickt.

Vierzehn

Am nächsten Tag wache ich auf, als Oleg in mein Zimmer kommt und sich auf die Bettkante setzt. Er sitzt dort, und obwohl ich das weiß, sage ich nichts. Der Tag gestern kommt mir unwirklich weit weg vor. Ich hätte nicht gedacht, dass mich das alles so traurig macht. Oleg legt seine Hand in meinen Nacken und sagt:

– «Marlene, ich würde ja gern noch ein paar Tage bleiben, aber ich muss fahren.»

«Wie spät ist es?»

– «Fast 12.»

«Puh.»

– «Leonie hat angerufen und gefragt, ob du noch lebst.»

Leonie! Ich muss mich unbedingt bei ihr melden.

– «Sie meinte, irgendein Kalle hätte sich gemeldet. Der würde sich wohl auch Sorgen um dich machen.»

Kalle ist der Chef des *Szene*-Magazins, für den ich manchmal Konzerte besuche und Platten bespreche. Ich wollte ihm eigentlich antworten, war dafür aber zu durcheinander. Und gerade wird es nicht besser. Ich setze mich endlich aufrecht hin.

Oleg schaut mich prüfend an und fragt, ob er mich alleine lassen kann, und ich nicke. Auf jeden Fall. Ich komm zurecht. Dinosaurierehrenwort! Oleg nickt.

«Aber ich muss unbedingt nach Marokko. In diese Stadt mit der Festung. Und nach Goa zu den Freaks. Und nach Ko Samui. Pong suchen. Und zu diesem Mücke.»

– «O.k.», sagt Oleg und küsst mich auf den Nacken.

«Du weißt schon ...», sagt er und wird vom Türklingeln unterbrochen. Bestimmt Gabriela. Oleg geht zur Sprechanlage. *Hallo?*

– «Äh, hallo, hier ist Joschi.»

«Wer?»

– «Joschi.»

«Bist du jemand von Airbnb?»

– «Äh, nein. Ist Marlene da?»

«Ich guck mal nach.»

Oleg hängt den Hörer ein, kommt mit hochgezogenen Augenbrauen in mein Zimmer und sagt nur: *Joschi?*

Ich mache liegend die Halskantenbewegung. Oleg versteht und geht zurück an die Sprechanlage.

«Du, Joschi, Marlene ist nicht da. Die ist für ein Interview weg. Ich glaub, nach London.»

– «Ah, o.k. Wen interviewt sie denn?»

«Äh. Irgendwen.»

– «Also, du weißt nicht, wen?»

«Ich glaub, Roy Black.»

– «Roy Black?»

«Ja.»

– «Der ist tot.»

«Dann so was Ähnliches. O.k., dann mach's gut, ne. Tschüs.»

Oleg hängt den Hörer der Sprechanlage ein, ohne auf eine weitere Nachfrage zu warten. Es klingelt noch mal. Oleg hebt nicht mehr ab.

Er kommt zurück in mein Zimmer und will jetzt natürlich wissen, wer Joschi ist, aber ich bin zu sehr damit beschäftigt, mich kaputtzulachen. Oleg springt auf mich drauf und fängt an, mir seine Fäuste in den Rücken zu bohren.

– «Roy Black, Roy Black!», juchze ich.

«Jetzt sag schon, wer der war, Marlene! MAR-LEEE-HENE!»

– «Elfenbeinbar, Totalabsturz, One-Night-Stand», keuche ich.

Und als Oleg *Tinder?* fragt, fange ich wieder an zu lachen. Wer in einer Großstadt lebt und in Kneipen geht, kann auch ohne Tinder bumsen. Das habe ich Oleg schon tausendmal erklärt.

– «Ist doch scheißegal, Oleg. Scheißegal.»

«Nichts im Leben ist scheißegal», sagt er.

Er hat recht, denke ich.

Wir verabschieden uns. Ein paar Minuten später höre ich sein Motorrad.

Ich dusche und beantworte ein paar E-Mails. Mit Blick auf meinen Kontostand nehme ich ein paar neue Aufträge für Plattenrezensionen an. Aber ich lehne es ab, ein Porträt über eine Fashion-Influencerin mit zwei Millionen Followern zu schreiben. Ich interessiere mich weder für

Fashion noch für Influencer. Ich interessiere mich für Musik und für Sterne und für meinen Vater. Und ich bin traurig.

Nachricht von unbekannter Nummer:

Hallo Marlene, hier ist Joschi. Ich hörte, du bist gerade in London und interviewst Roy Black? Meld dich doch, wenn du zurück bist. Würde mich wirklich freuen, J.

PS: Oder war der Typ an der Tür dein Freund?

Woher hat der meine Nummer? Von mir? So oder so, ich habe vierzehn unbeantwortete Nachrichten und zehn Anrufe in Abwesenheit von meiner besten Freundin. Ich muss jetzt erst mal zu Leonie.

Leonie malt gerade ein Steuerrad auf einem Oberschenkel aus, als ich zu ihr ins Studio komme. Ihre Bulldogge Tequila sabbert vor Freude, als sie mich sieht. Ich lasse mich zu ihr auf die Ledercouch im Eingangsbereich fallen. Und Leonie schreit: *Bleib, wo du bist!*

Eine halbe Stunde später kassiert sie das Rockabilly-Mädchen mit dem neuen Steuerrad ab. Ich finde ja, dass Rockabilly-Mädchen auch alle gleich aussehen. Sie haben Steuerräder auf den Oberschenkeln und Kompasse, Herzen, Anker, Schiffe und Schleifen auf dem Rest.

Leonie kommt rüber, legt ihre Hände auf meine Schultern und schüttelt mich zur Begrüßung, was ganz klar als Rüge zu verstehen ist.

Ich helfe ihr beim Desinfizieren des Studios. Das ist unser Ritual, wenn ich sie abhole. Kai, sagt sie, habe noch länger im anderen Studio zu tun. Ein Freund von ihm lasse sich ein Labyrinth auf den Rücken tätowieren, das dauere ewig, allein schon die Außenlinien. Wir nehmen Tequila und gehen raus. Ich entschuldige mich bei Leonie und erkläre ihr, woran ich gerade arbeite. Und dass ich mit Oleg bei Wippo war, einem alten Freund meines Vaters. Und dass ich weiß, dass andere Menschen größere Probleme haben, aber das ich wissen muss, wer er war. Ob sie das verstehen könne?

Natürlich, sagt Leonie und bekommt diesen Blick, den sie nur hat, wenn sie an ihren Vater denkt. Und in dem Moment tut es mir schon wieder leid.

Auch sie vermisst ihren Vater, aber sie weiß eben, dass er bei einem Einsatz in diesem bekackten Kanal ertrunken ist. Dass es ein Unglück war. Und dass er vorher für die Familie da war. Wirklich da war. Im Gegensatz zu meinem.

«Apropos», sagt Leonie.

– «Apropos was?»

«Apropos Familie.»

– «Was?»

«Komm mal her.»

Sie nimmt meinen Kopf zwischen ihre tätowierten Finger. Tequila fiept.

«Ich bin schwanger. Das wollte ich dir schon die ganze Zeit sagen. Aber du hast ja nie geantwortet. Bin schon in der achtzehnten Woche.»

Ich schaue auf Leonies Bauch, der aussieht wie immer.

Kurz habe ich den Gedanken, dass es vielleicht ein Scherz ist, aber Leonie lacht nicht.

– «War das ein Versehen?», frage ich.

«Nein», sagt Leonie, «eine Entscheidung.»

Ich wusste überhaupt nicht, dass sie schwanger werden wollte. Und bestimmt hat sie es mir auch deshalb nicht erzählt, weil sie gewusst hat, dass ich sage: Ach, das hat doch noch Zeit. Und das finde ich auch. Wir hätten damit doch noch warten können, bis wir erwachsen sind. Ich umarme sie wieder und sage ihr, wie großartig sie ist und erwachsen und stark. Im Gegensatz zu mir.

Während ich mein Gesicht in ihren langen Haaren vergrabe, muss ich an uns denken. An früher, an den Eisenwald. An die zwei Mädchen, die beide ihren Vater vermisst haben. Die eine ihren lebenden, die andere den Feuerwehrmann-Vater, der diese fremde Frau retten wollte und dabei selbst umkam. Der Verlust unserer Väter hat uns immer verbunden. Leonies Vater starb vier Jahre vor meinem, aber auch da wusste ich schon, dass sich Sterben und Abwesenheit darin gleichen, dass eben der, den man braucht, nicht da ist. Wir sind beide Einzelkinder geblieben und waren einander vielleicht so etwas wie die Schwester, die wir nie hatten.

Ich muss an die Zeit denken, in der wir vor dem Spiegel standen und unsere wachsenden Brüste verglichen. Ich muss daran denken, wie ich ihr die Arme verbunden habe, nachdem ich sie mit der Schere im Kinderzimmer vorfand. Ich denke an all unsere Geheimnisse und unsere vielen gemeinsamen Nächte. Ich bin einer der Vögel auf ihrem Schulterblatt. Leonie hat mich nie verraten und nie verlassen in all den Jahren. Und vor allem hat sie mich nie verurteilt. Viele Jahre sind wir in dieselbe Richtung gelaufen. Und jetzt wird sie Mutter.

«Du wirst natürlich Patentante!», schreit Leonie.

Ich nicke. Lieber würde ich einfach ihre Freundin bleiben.

«Willst du gar nicht wissen, was es wird?»

– «Weiß man das denn schon?»

«Ja! Ein Junge.»

– «Das ist schön», sage ich. Obwohl ich überhaupt nicht weiß, ob ich ein Mädchen oder einen Jungen besser gefunden hätte. Eigentlich keins von beidem.

– «Aber ihr heiratet jetzt nicht auch noch, oder?», frage ich Leonie.

«Ne», sagt sie und guckt dabei auf den Boden, als suche sie dort was, «das geht ja auch gar nicht. Kai ist ja noch nicht mal geschieden.»

– «Was? Du hast mir nie gesagt, dass Kai verheiratet ist.»

«Du konntest ihn ja auch so schon nicht besonders gut leiden», antwortet Leonie und winkt ab. Seine Exfrau sei irgendein großbusiges Tattoomodel aus Schleswig-Holstein, nicht der Rede wert.

Ich bringe sie und Tequila noch bis zu ihrer Haustür. Ich gebe mich großmütig und verspreche ihr, Kai zu schreiben und zu gratulieren. Leonie will Oleg Bescheid geben, gleich morgen.

Dann gehe ich zurück zu meiner Wohnung. Auf den Stufen sitzt die traurige Lioba. Sie trägt einen Kapuzenpullover und eine Leggins, und ihr Gesicht ist so schmal wie das von Snoop Dogg. Als ich die Haustür aufschließe, sage ich: *Hallo, Lioba!*, und sie schaut mich böse an mit ihren schönen Augen, faucht, springt auf und rennt davon.

Fünfzehn

Mein Vater starb in dem Jahr, in dem das Wasser über die Lenne stieg und die Ratten aus der Kanalisation spülte. Sie waren überall, und weil ich vorher noch nie eine Kanalratte von so Nahem gesehen hatte, wusste ich nicht, wie groß sie wirklich waren. In meiner Vorstellung waren sie dünn und drahtig wie *Splinter* von den Ninja Turtles gewesen. Aber in der Realität sahen sie eher aus wie die fettgefressenen Stadttauben, die wir früher im Sommer mit unseren Supersoakern von der Dachterrasse geschossen hatten. Die Ratten huschten mit ihren langen Nasen und nackten Schwänzen durch unseren Garten. Die Hunde bellten. Ich erinnere mich an das ewige Bellen – und das Fluchen meiner Mutter.

Der ganze Eisenwald war aufgeregt wegen der Ratten. Unsere Nachbarn legten Gift aus, rote dicke Kügelchen. Sie ließen die Ratten langsam von innen verbluten. Weil wir aber Hunde hatten, konnten wir kein Gift auslegen, deshalb fuhr ich mit meiner Mutter in den Baumarkt an der Industriestraße, dort kauften wir Schlagfallen der Marke *Power Kill.* So eine Falle funktioniert eigentlich genau wie eine Mausefalle. Aber weil Ratten eben größer als Mäuse sind, ist auch die Rattenfalle größer. Man legt ein Stück Käse in die Falle, spannt den Bügel und hofft, dass er einer Ratte das Genick bricht. Wir legten bestimmt zehn Einmalfallen im Garten aus. Innerhalb eines Tages schnappten sie mit einem lauten Knall zu. Jeder Knall eine Hinrichtung. Die Fallen mit den hingestreckten Ratten packten wir in blaue Plastiksäcke und schmissen sie in den Müll.

Am nächsten Tag fuhren wir wieder zum Baumarkt. Um die Information versammelten sich bestimmt schon zwanzig Eisenwälder und verlangten nach Fallen. Der Mann vom Baumarkt sagte, es gebe keine Rattenfallen mehr. Wir sollten am nächsten Tag wiederkommen.

Zu Hause bellten die Hunde, was mich langsam in den Wahnsinn trieb.

Aus meinem Fenster beobachtete ich, wie die Ratten, die im Garten unserer Nachbarn Gift gefressen hatten, in unseren Garten rüberwankten, eine fiel rücklings in den Fischteich. Am nächsten Tag waren auch die Fische tot, weil sie die tote Ratte angeknabbert hatten. Nur die Hunde bellten weiter.

Am Samstag fuhren meine Mutter und ich wieder in den Baumarkt, der Mann hinter der Information wirkte noch gestresster und hatte nur Rattenfallen aus Polen da. Das seien die einzigen, die sie auf Lager hätten, er könne da nichts für, er stehe ja auch ganz am Ende der Nahrungskette. Sein Chef würde ihm schon täglich den Arsch aufreißen, und jetzt kämen auch noch die Kunden dazu. Gestern habe ihn einer vor Wut angerotzt, weil keine neuen

Power Kills geliefert worden waren, er könne nicht mehr. Wir sagten: «Ja, schon gut, wir nehmen die anderen Fallen.» Hauptsache, das Gebelle und Getaumel im Garten hörte auf. Die seien allerdings etwas schlechter, flüsterte der Baumarktmann. Meine Mutter fragte, was genau das bedeuten würde. Aber das beantwortete der Mann schon nicht mehr. Wir gingen zur Kasse und fanden es wenig später selbst heraus.

Irgendetwas stimmte mit dem Mechanismus der billigen Fallen nicht. Der Bügel, der den Ratten das Genick brechen sollte, klappte nicht schnell genug zu, den Ratten blieb offenbar noch etwas Zeit, ihren Kopf zurückzuziehen. In den Fallen lagen jedenfalls nur abgetrennte Rattenkiefer, daneben zog sich eine Blutspur. Und durch unseren Garten schlichen Ratten, die ihr halbes Gesicht in der Rattenfalle zurückgelassen hatten, Zombieratten.

Meine Mutter ist eigentlich eine Frau, der nicht viel Ekel bereitet, aber selbst ihr entfuhr im Hinblick auf die Situation der Satz: *Mir kommt die Kotze hoch.* Einer unserer Hunde verspeiste schmatzend einen Rattenkiefer. Unser Nachbar mit den Giftkügelchen klingelte bei uns und sagte, er hätte drei Säcke Rattengift in fünf Tagen verbraucht, aber es sei kein Ende der Plage in Sicht, es würde ihn nicht wundern, wenn bald auch noch die Sonne verglühe. Meine Mutter schenkte ihm einen Ingwerschnaps ein.

Auf der Hospizstation ging es meinem Vater ganz gut, er durfte dort kiffen und belegte ein Einzelzimmer. Nur die Wände waren mit so einer hässlichen Schwammtechnik gestrichen, die Pfleger trugen Dreadlocks, und in der Ecke des Gemeinschaftsraumes stand eine Musikanlage. Papa schlief jetzt manchmal mitten im Gespräch ein. Wenn er aufwachte, redete er einfach weiter, als sei nichts gewesen. Außerdem hatten sie ihm ein Geschwür aus der Wangenwand geschnitten, das schlecht verheilte. Er nannte sich deshalb jetzt *Frankenstein* und sprach undeutlicher. Als ich ihm zur Aufmunterung von den Ratten erzählte und unserer Odyssee durch die Baumärkte, lachte er und sagte: *Rat-Attack.* Später drehte er einen Joint auf und bestand darauf, mir zu zeigen, wie er durch seine Wangenwand an ihm zog. Es funktionierte.

Ein paar Stunden bevor er starb, habe ich noch mit ihm telefoniert. Dad klang fröhlich und ungewohnt wach. Ich musste ihm versprechen, bei meinem nächsten Besuch wieder ein bisschen Gras mitzubringen und eine Currywurst mit ihm essen zu gehen. Einen weiteren Galeriebesuch verweigerte ich aber.

Ich schaute gerade eine Soap, als meine Mutter kam und es mir sagte. Das Krankenhaus habe angerufen.

Ich musste gar nicht weiter fragen. Man sieht es den Menschen, die eine Todesnachricht überbringen, sofort an. Es war ein Freitag, und die Ärzte sagten, er wäre einfach eingeschlafen. Wie das klang, *einfach eingeschlafen*, als ob Sterben etwas sei, was man nebenbei macht. Ich fuhr sofort hin. Meine Mutter blieb zu Hause, weil sie Migräne hatte, aber sie hatte ihn auch vorher kaum besucht. Eine Zeitlang war ich deshalb sauer. Aber heute weiß ich, dass es ihr zu sehr weh getan hat, meinen Vater so zu sehen.

Ein Arzt kam sofort und schüttelte mir die Hände. Er sagte: *Sie sind eine junge, starke, tolle Frau. Eine ganz junge, starke, tolle Frau. Das sehe ich sofort. Sie werden das ganz klasse meistern.* Wenn Leute schon so anfangen, bedeutet das immer, dass man gleich eine Riesenscheiße erleben wird, und genauso war es auch. Der Arzt machte die Tür auf. Neben dem Bett von meinem Vater brannte eine Kerze mit einem Bibelspruch. Wenn ich wollen würde, sagte der Arzt, könne ich der Krankenschwester dabei helfen, meinen Vater zu waschen. Ich hatte noch nie einen Toten gesehen, und niemand hatte mir gesagt, dass es nicht aussieht, als ob jemand schläft. Da lag er also, und doch war er es nicht. Wenn mein Vater etwas konnte, dann gut aussehen und leben. Ihm gerade das zu nehmen kam mir so unglaublich gemein vor. Im Zimmer roch es nach kaltem Rauch, und auf seinem Bettlaken waren Flecken, die ich zunächst für Blut hielt. Aber es waren Rotweinflecken. Zumindest war er sich bis zum Schluss treu geblieben.

Von allen Momenten mit meinem Vater war dieser der schlimmste. Denn als er dort so lag, wurde mir klar, dass es vorbei war. Es gab für uns keine Hoffnung mehr auf eine gemeinsame Zeit. Die meisten Jahre meines Lebens war mein Vater nicht da gewesen, und jetzt würde er für immer fortbleiben. Ich nahm das Buch aus seinen Händen und ging raus. Er hätte nicht gewollt, dass ich ihn so sehe.

Auf dem Flur begegnete ich der Schwester, die mir sagte, ich solle mich trösten. Mein Vater sei jetzt bei Gott, dem Herrn. Ich drückte das Buch gegen meinen Brustkorb, drehte mich um und rannte davon.

Sechzehn

Die Beerdigung war eine Woche später. Meine Mutter durfte nicht mitkommen. Die letzte Freundin meines Vaters hatte es nicht gewollt.

Als ich am Friedhof ankam, stand mein Opa vor der Kapelle wie ein Türsteher. Er legte seine Hände auf meine Schultern und schrie:

«Marlene, er hat gekämpft wie ein Löwe. Wie ein Löwe. Bis zum Schluss.»

– «Ja, Opa.»

Mein Vater, das wusste ich schon damals, war vieles gewesen, aber kein Löwe. Folglich hat er auch nicht wie ein Löwe gekämpft, weil er, wenn wir ganz ehrlich waren, nie um irgendetwas gekämpft hatte. Nicht um meine Mutter, nicht um seine Ehe, nicht um mich. Er hat nicht mal für seine Träume gekämpft. Er war immer, wenn er hätte stark sein müssen, schwach. Warum sollte er plötzlich um sein Leben gekämpft haben? Warum redete mein Großvater über seinen Sohn eigentlich wie über einen gefallenen Soldaten? Mein Vater hatte seinen Wehrdienst verweigert und Essen auf Rädern ausgefahren, weshalb mein Opa drei Monate lang nicht mit ihm gesprochen hatte. Waren hier eigentlich alle wahnsinnig geworden?

Komm, Opa, sagte ich. Er hakte sich bei mir unter, was er noch nie getan hatte, und wir gingen rein in diese kalte, zugige Kapelle, in der vielleicht fünfzehn Leute saßen. Wo waren all die anderen? Die Weggefährten meines Vaters, seine Freunde?

Bremer war auch schon tot. Aber Wippo, das weiß ich heute, wäre sicher gekommen. Und Mücke. Und all die anderen.

Wie ein Löwe, murmelte mein Großvater.

– «Ist gut, Opa.»

Ich hatte Oleg gesagt, er sollte nicht mitkommen zur Beerdigung. Ich wollte das alleine schaffen. Außerdem hatte ich Angst, dass er zu viele Fragen stellte. Auch Leonie, die mich begleiten wollte, wimmelte ich ab. Diese Entscheidung bereute ich schon nach etwa zehn Minuten.

Weil mein Vater nicht mehr in der Kirche war, gab es einen freien Sprecher in einem dunkelgrauen Anzug. Der Sprecher hatte einen Haarkranz und eine randlose Brille, und er sah aus wie ein Spießer, und ich fragte mich, warum man meinem Vater das auch noch antat.

Wir sollten uns setzen.

Ja, seufzte der Sprecher, *Sterben heißt, das dunkle Ufer des Lebens zu verlassen, um ans helle Ufer der Ewigkeit zu gelangen.*

Er sagte das wirklich: *das helle Ufer der Ewigkeit.*

Es wären, fuhr der Sprecher fort, schwere Zeiten. Zeiten der Trauer. Aber wir würden jetzt hier zusammenkommen, um eines großartigen Menschen zu gedenken, der nach schwerem Kampf seinem Krebsleiden erlegen war.

Mein Vater hatte Aids. Der Krebs war ja nur eine Folge.

Mein Opa sah meinen Blick und sagte, das sage man eben so, weil es besser klinge.

– «Besser für wen?», fragte ich.

Er schüttelte den Kopf.

Ich solle still sein.

Der Sprecher referierte nun das Leben meines Vaters. Er redete von einem jungen Unternehmer, liebenden Vater und Ehemann. Kein Wort über die Drogen, die Reisen, die Bücher, die Exzesse. Kein Wort über Pong oder die Frau im lila BH.

Es war nicht das Leben meines Vaters.

Sie spielten Phil Collins. *Another Day in Paradise.*

Mein Vater hatte nie Phil Collins gehört. Und ich, ich hasste die Frau, die das veranlasst hatte. Die neue Freundin meines Vaters. Ich versuchte, Mitleid für sie zu empfinden, aber es gelang mir nicht. In letzter Zeit hatte ich oft bemerkt, dass mir mein Inneres entglitt. Stabil wirkte ich nur von außen. Ich blieb fest auf diesem Stuhl in dieser Kapelle sitzen, obwohl mir etwas übel war. Mein Großvater beugte sich, während Phil Collins sang, zu mir und fragte:

«Marlene, warum spielen die eigentlich kein schönes deutsches Lied?»

Als der Vortrag des Sprechers vorüber war, mussten wir alle hinter dem Sarg rausmarschieren.

Draußen fuhr mein Opa fort, den Löwen zu beschwören, der mein Vater gewesen sei. Bis zum Schluss.

– «Ja, ja, Opa.» (Nein, Opa, war er nicht.)

Wir liefen hinter dem Sarg her bis zum Grab. Ganz vorne liefen die neue Freundin meines Vaters und mein Opa, danach ich. Erde, Schüppe, Blume, kurz innehalten.

Es war das Grab, in dem auch meine Oma und meine Urgroßeltern lagen. Als mein Opa an den Sarg trat, sah es kurz so aus, als kippe er vornüber. Ihm sackten einfach die Knie weg, wie bei diesen Figuren, bei denen die einzelnen Teile mit einem Gummiband verbunden sind und man unten auf eine Plattform drückt. Der Bestatter hielt ihn fest.

Als es vorbei war, stieg ich allein ins Auto.

«Es gibt noch ein Kaffeetrinken bei Breulmann», sagte mein Opa noch. «Die haben die beste Schwarzwälder Kirsch im ganzen Eisenwald, das weißt du ja, Marlene. Nur das Beste für unseren Besten.»

– «Ich kann nicht», antwortete ich und habe den Motor gestartet.

Draußen verschwammen die Wälder des Eisenwaldes zu einer dichten grünen Wand. Ich hörte Tracy Chapman, *Crossroads*, mein Vater hatte Tracy Chapman gehört.

Ich wollte, dass das wenige, was mir von ihm blieb, zumindest meiner Wahrheit entsprach.

Zu Hause fragte meine Mutter, wie es gewesen sei. Ich sagte, es war niemand da von seinen Freunden. Und dass der Krebs ihn dahingerafft habe. Und dass alles eine gottverdammte Lüge sei.

Meine Mutter sagte, ich müsse dringend die Sache mit dem Amtsgericht erledigen, um das Erbe auszuschlagen.

Mein Vater hätte nur Schulden hinterlassen. Außerdem seien noch Spaghetti Carbonara im Kühlschrank. Bis heute hasse ich Spaghetti Carbonara. Sie schmecken nach Beerdigung.

Abends klopfte ich an Olegs Tür. Er öffnete, und ich sagte, ich könne nicht heulen. Das sei doch krank, alles, mein Vater tot, und ich heule nicht, keine Träne, ich schwor es ihm, nicht eine. Oleg ging in die Küche, nahm eine Zwiebel, schnitt sie durch und presste mir je eine Hälfte unter jedes Auge.

«Geht doch!», sagte er, als mir die Tränen endlich über die Wangen liefen.

– «Es war so scheiße, Oleg», schluchzte ich.

«Sterben IST scheiße», antwortete er. «Das geht gar nicht anders, Marlene. Sterben muss scheiße sein. Aber wir beide, Marlene, wir essen jetzt Pizza, und zwar mit doppelt Käse. Man sollte das ganze Leben mit doppelt Käse überbacken.»

Ich wusste, wenn ich wollte, hätte Oleg die ganze Welt für mich mit doppelt Käse überzogen.

– «Oleg, wie möchtest du mal sterben?»

«Ich möchte gar nicht sterben, Marlene!»

– «Aber wenn du es dir aussuchen müsstest?»

Oleg seufzte.

«Dann vielleicht so, dass ich es gar nicht merke. Dann einfach so, auf der Stelle! Peng! Aber für heute wurde doch genug gestorben.»

Oleg hatte recht. Ich zog mir Wollsocken, die seine

Lieblingstante Aneta gestrickt hatte, über, und Oleg brachte mir eine Wärmflasche und einen 2-Liter-Tetra-Pak-Eistee Pfirsich aus dem FrischeParadies plus. Dann schauten wir *Cap und Capper* auf Olegs Couch und aßen Pizza mit Sardellen und doppelt Käse, und als ich morgens aufwachte, lag ich zugedeckt unter einer Coca-Cola-Polyesterdecke und fühlte mich wieder einigermaßen imstande, die Welt da draußen auszuhalten.

… Teil II

«Would you know we're riding on the Marrakesh Express?
Would you know we're riding on the Marrakesh Express?
They're taking me to Marrakesh
All aboard the train, all aboard the train.»

Crosby, Stills and Nash

Marokko

Mir gegenüber sitzt eine Frau mit einem Huhn auf dem Schoß, und ich kann nicht anders, als dieses Huhn anzustarren. Wie es in diesem überfüllten, stickigen Zug sitzt und nur noch so apathisch geradeaus glotzt. Stell dir vor, du bist dieses Huhn. Das Huhn wird sterben, und das Letzte, was es vorher gesehen hat, ist dieser stinkende Zug. Ich glaub, ich verliere langsam den Verstand. Aber das kann auch daran liegen, dass mein Gehirn keinen Sauerstoff mehr bekommt.

Ich steige über sehr viele Marokkaner und ein paar Touristen in Richtung Gang, halte meinen Kopf aus dem Fenster und sauge die schwülwarme Luft wie eine Erstickende ein. Ein Kind zerrt an meinem Hosenbein. Es soll sofort aufhören. Ich unterdrücke den Reflex, das Kind abzuschütteln wie einen zubeißenden Hund. Der Fahrtwind kühlt mein Gesicht und mein Gemüt. Immer, wenn ich fahre, muss ich auch an Oleg denken, der dann sagt, schon das Fahren allein verändert einen, weil es Teil des Weges ist.

Auf der Fähre von Gibraltar nach Marokko hat mich

ein Österreicher angesprochen und gefragt, ob ich alleine reise. Ich habe *ja* gesagt, und als er *Auszeit?* fragte, habe ich genickt. Was hätte ich sonst sagen sollen, ohne wie eine Geistesgestörte zu klingen? Ich reise die Sehnsuchtsorte meines toten Vaters ab? Früher fand ich diese ganzen esoterischen Ayurveda-Menschen mit Rucksack auf der Suche nach dem dritten Auge oder ihrem inneren Gleichgewicht albern. Und auch die ganzen Großstadtyogis mit ihren Klangschalen und Savasanas. Ich kaufe mir nicht mal diesen Yogi-Tee, weil ich die Sprüche, die am Ende der Teebeutel befestigt sind, immer so wahnsinnig nervig finde. («Das Leben ist ein Fluss der Liebe. Genieße ihn.») Aber diese Überheblichkeit kann ich mir nicht mehr leisten. Der Österreicher hat mir angeboten, zusammen mit ihm weiterzureisen, er wollte schließlich auch nach Marrakesch, und ich habe ihn angesehen und mich gefragt, was wohl mein Vater geantwortet hätte. Der Österreicher mit seinem roten Kopf und den Trekkingschuhen wirkte ziemlich angestrengt, und ich hoffe, dass er nicht dasselbe über mich gedacht hat. Immerhin trage ich Turnschuhe. Er reiste allein, weil sich seine Verlobte von ihm getrennt hatte, was mir leidtat. Aber Liebeskummer als Antrieb ist ein eigenes Reisegenre. Auch deshalb habe ich etwas geantwortet, was dem Österreicher klargemacht hat, dass aus uns beiden als Reisegruppe nichts werden kann. Dann hat er gleichgültig getan und ist zum Bordkiosk gegangen, und zum Abschied hat er *Baba* gesagt, und alles drei war mir recht. Als die Fähre in Tanger angelegt hat, haben wir uns kurz angesehen, aber sofort wieder weggeschaut. Danach ist jeder seinen eigenen Weg gegangen. Der Österreicher wählte den billigsten und stieg in den Bus. Ich nahm den zweitbilligsten und wählte den Zug, weil ich Busfahren hasse. Bevor ich im Eisenwald ein Mofa besaß, bin ich immer Bus gefahren. Der Bus im Eisenwald war wahnsinnig langsam, die Fahrer waren missgelaunte Despoten, und hinten im Sechser traf man fast immer irgendeinen Idioten.

Der Zug braucht 9 Stunden und 24 Minuten. Ich habe erst die Hälfte der Fahrtzeit geschafft. Ich gehe zurück zur Frau mit Huhn und versuche, es mir so bequem auf meinem Sitz zu machen, dass Schlafen irgendwie möglich scheint, was wiederum unmöglich ist. Irgendwann gebe ich auf und lasse meinen Kopf einfach vornüberhängen wie ein besoffener Kutscher.

In meiner Hamburger Wohnung lebt seit einer Woche eine Inci aus Darmstadt, die Praktikum in einer Social-Media-Agentur macht und reiche Eltern hat, weswegen sie mir für ein Zimmer mehr Geld geboten hat, als ich überhaupt Miete zahle, nur um während meiner Abwesenheit alleine in der Wohnung zu leben, was mir recht war. Zwischen den Reisen nach Marokko und Indien werde ich aber in meinem Zimmer wohnen, das ist so abgemacht. Von Indien aus werde ich dann direkt die paar Stunden nach Koh Samui fliegen. Leonie hat mir zweitausend Euro geliehen. Erst fiel es mir schwer, eine Schwangere anzupumpen, aber Leonie meinte, die zwei Studios würden gut was abwerfen, ich solle mir darum bloß keine Sorgen machen. Und außerdem wolle ein kleines Label ein paar Pullover und T-Shirts mit ihren Illustrationen bedrucken und verkaufen. Leonies Bauch ist jetzt schon richtig gewölbt und ihre Haut ganz rosig. *Sie sieht glücklich aus*, dachte ich, als ich mich von ihr verabschiedet habe.

Eigentlich wollte ich wegen meiner Reise keine große Aufregung machen, es ist schließlich nicht das erste Mal, dass ich alleine unterwegs bin. Allerdings waren Indien, Asien und Marokko bisher Dadland für mich. Die Absendeorte seiner Postkarten hatte ich, ob bewusst oder unterbewusst, immer gemieden.

Kurz vor der Abreise hatte ich noch mal meine Mutter angerufen, weil mir diese Sache mit der Wahrheit nicht mehr aus dem Kopf ging. Ich habe sie gefragt, ob mein Vater ein Lügner war. Meine Mutter hat lange überlegt. Dann sagte sie, sie wisse nicht genau, ob man das als lügen bezeichnen könne. Manchmal habe er bestimmt gelogen, manchmal hatte sie den Eindruck, er würde seine Version der Wahrheit selbst glauben. Andere Geschichten habe er besser gemacht, als sie waren, damit er sie unterhaltsamer erzählen konnte. Andere habe er tatsächlich so erlebt.

Kai, Leonie, Oleg, Gabriela, Kalle und ein paar andere hatten sich nicht davon abbringen lassen, an meinem letzten Abend vorbeizukommen. Sie standen einfach irgendwann da und haben sich geweigert zu gehen, als ich sie darum bat. Und so habe ich sie reingelassen, und wir haben im Wohnzimmer gesessen und Bier getrunken. Alle waren aufgeregt wegen meines bevorstehenden Abenteuers, das sich für mich gar nicht unbedingt wie eines anfühlte.

Sondern eher wie eine Aufgabe, was nicht bedeutet,

dass sie mir keine Angst macht. Ich hatte die Karten, die jetzt in meinem Rucksack stecken, auf dem Wohnzimmerboden ausgebreitet und allen gezeigt, wohin die Reise geht. Es sind die vergilbten Karten mit den vor Jahren eingezeichneten Routen, die Wippo mir gegeben hat. Mein erstes Ziel ist Marrakesch, mein zweites Essaouira, die Hafenstadt mit der Festung, die mein Vater so geliebt hat. Zumindest behauptet Wippo das. Es beruht ja alles immer auf den Aussagen anderer, ich selbst weiß so wenig.

Kalle hat gesagt, er war selber noch nie in Marokko, aber kenne viele, die zum Surfen in die Nähe von Agadir fahren. Ich solle mir ein Brett ausleihen und das doch auch mal ausprobieren. Kalle ist jemand, der viel Ahnung von Musik hat, aber sonst nicht viel kapiert. Ich mache schließlich keinen Surfurlaub.

Oleg hat an diesem letzten Abend bei Leonie im Gästezimmer geschlafen, um mir keine Umstände zu machen. Deshalb blieb ich irgendwann allein in der Wohnung zurück. Inci war ja noch in Darmstadt. Als alle weg waren, lag ich betrunken im Bett und konnte doch noch nicht einschlafen. Mein Rucksack stand gepackt in der Ecke, der Pass lag bereit. Vielleicht war ich doch aufgeregter, als ich mir eingestehen wollte. Also habe ich mich noch mal in die Elfenbeinbar geschlichen, zur Beruhigung. Ich wollte eigentlich nur einen Wodka Sour trinken und ein bisschen runterkommen, aber es dauerte nicht mal eine Stunde, dann bin ich mit einem chilenischen Studenten mit breitem Mund noch zu mir und hatte diese Art von Sex, die nur Betrunkene haben. Der chilenische Student ist danach von ganz alleine gegangen, was ich ihm hoch anrechne. Ich habe wach gelegen, bis der Weckalarm geschellt hat, und schnell geduscht. Dann bin ich mit der Bahn zum Flughafen gefahren. All das kommt mir schon jetzt, wenige Stunden später, unendlich lange her vor.

Das Rattern des Zuges und die Hitze machen mich so unendlich müde. Irgendwann falle ich in einen warmen, wirren Schlaf. Ich wache davon auf, dass mir ein Vorbeigehender seinen Koffer dumpf vor den Kopf schlägt. Noch eineinhalb Stunden bis Marrakesch.

Als der Zug Marrakesch erreicht, ist es draußen bereits dunkel. Die Ankommenden quellen aus den Abteilen, das Huhn schaut mich zum letzten Mal traurig an, draußen stehen so viele andere Menschen, die Ankommenden vermischen sich mit den Abreisenden, und dazwischen gibt es noch Herumstehende, die schreien, ob man einen Fahrer braucht oder sonst irgendwas. Es riecht nach Fett und Staub, und ich stolpere durch das Geschrei und die Menschen, um mir Platz zu schaffen. Manchmal bleibt mein Rucksack stecken, und ich brauche einen Moment, bis ich mit einem Ruck wieder vorankomme. Ich laufe einfach weiter, immer weiter, bis ich endlich ein bisschen Platz habe. Mein gebuchtes Riad liegt nicht weit entfernt vom Bahnhof, aber zuerst setze ich mich auf einen Stein und krame eine Zigarette aus der Seitentasche meines Rucksacks. Ich muss jetzt unbedingt rauchen. Ein Mann schlägt schreiend einem Esel auf das Hinterteil, ein anderer stellt sich vor mich und hält die flache Hand mit der Innenseite nach oben vor mein Gesicht, «Mam, Please!» Ich schüttele den Kopf, aber innerhalb kürzester Zeit kommen immer mehr Männer und Frauen und fragen mich nach Geld, einer Zigarette oder bieten mir Sachen zum Kaufen an. Eine Frau will mir ein Henna-Tattoo aufmalen, was ich im letzten Moment noch zu verhindern weiß. Währenddessen kommt ein Mann mit einem Affen an einer Halskette vorbei. Der Affe guckt genauso verzweifelt wie das Huhn im Zug. Der Mann steckt eine Zigarette an und gibt sie dem traurigen Affen, der sie tatsächlich raucht. Ein rauchender Affe. Dad hätte es geliebt, anderen davon zu erzählen: *Alter, die lassen dort die Affen paffen.* Aber ich bin nicht er. Also stolpere ich weiter, der Mann mit dem Affen schreit mir hinterher. Einfach weiter, immer weiter, in irgendeine Richtung, von der ich vermute, dass es die richtige ist. Aber meine Vermutung beruht auf keiner Grundlage. Ich frage zwei junge Typen, ob sie wüssten, wo mein Riad ist. Sie zucken nur mit den Schultern. Aber ein Taxifahrer weiß es, und tatsächlich: Kurz darauf betrete ich einen gepflasterten Innenhof mit einem Springbrunnen, es ist seit Stunden der erste ruhige Ort. Auf den Bänken links und rechts sitzen typische Backpacker mit viel Haar und Flip-Flops. Ich nicke grüßend und checke dann in ein Vierbettzimmer ein, das bereits von zwei schnarchenden Asiaten belegt ist. Anschließend dusche ich lange, ziehe mich um, gehe nach unten in den Innenhof und frage nach einem Bier. Der Typ an der Rezeption hat einen Schweizer Akzent und redet Deutsch mit mir. Er sagt, sie würden hier im Riad zwar Bier ausschenken, aber das sei eine Besonderheit und ich solle damit unbedingt im Riad bleiben, was ich verspreche. *Da draußen*, sagt der Typ, *wird Frauen überhaupt kein Bier ausgeschenkt. Schließlich ist das ein islamisches Land.* Dass mein Vater Marokko so mochte, hatte also bestimmt auch damit zu tun, dass er in den 70ern noch kein Alkoholiker war. Sie hätten hier übrigens auch eine tolle Dachterrasse, sagt der Typ. Ich soll aber leise sein, es sei ja schon so spät.

Ich laufe die Stufen hoch. Es ist niemand sonst auf der Terrasse, als ich mich über die steinerne Brüstung beuge. Die Stadt sieht von oben viel goldener aus als von unten. In den Himmel ragen Palmen, darüber tausend Sterne.

Hallo Papa!, sage ich. Hier bin ich also.

Als ich am nächsten Tag aufwache, sind die Asiaten schon weg. Sie haben nur die zerwühlten Laken hinterlassen, darauf schwarze Haare und einen intensiven Schlafgeruch. Ich ziehe mir ein langes leichtes Kleid an und gehe ins Gemeinschaftsbad, wo ich den Typen von der Rezeption treffe, der Klopapier verteilt, das man auf keinen Fall in die Toiletten werfen darf. Er fragt mich, was ich heute vorhabe, nachmittags würde eine Gruppe gemeinsam zum Markt gehen und abends sei ab 18 Uhr Bier-Bingo auf der Dachterrasse angesagt. Er sagt wirklich *angesagt*. Ich frage den Typen, wie ich von Marrakesch am besten nach Essaouira komme. Der Typ sagt, ich solle zu ihm an die Rezeption kommen, dann helfe er mir. Später stellt er sich als Beat vor und rät zu einem Bus, gleich morgen früh. Der teurere brauche etwas über drei Stunden und koste 70 Dirham. Der Busbahnhof sei nicht weit von hier. Beat verkauft mir ein Ticket.

Mittags gehe ich nicht mit der Gruppe auf den Markt, sondern alleine, was als Frau nur möglich ist, wenn man niemanden ansieht, und so renne und remple ich mich zwischen den Ständen durch. Sobald ich stehen bleibe, hängen mir Händler Tücher um, schreien, halten mir Essen hin oder legen mir Schlangen um den Hals. Der Marktbesuch in der Altstadt, in der auch mein Riad liegt, entwickelt sich somit eher zu einer Art Verfolgungsjagd zwischen Teppichknüpfern, Gewürzhändlern, Korbflechtern, Hufschmieden, Akrobaten, Bettlern und Schlangenbeschwörern. Als ich den Markt durch ein Tor verlasse, atme ich auf. Es ist alles zu viel und zu bunt und zu laut hier, denke ich. Vielleicht hat mein Vater gerade das geliebt. Vielleicht war ihm der Eisenwald immer zu wenig.

Den Tag über streife ich durch die Gegend, trinke Tee in Cafés, mache mir Notizen und Gedanken. Ich will auf jeden Fall erst zurück ins Riad gehen, wenn das Bier-Bingo vorbei ist. Deshalb fahre ich irgendwann doch noch in den Jardin Majorelle, den Garten von Yves Saint Laurent. Über den Garten habe ich gelesen, dass Saint Laurent ihn 1980 mit seinem Lebensgefährten Pierre Bergé gekauft und vor dem Verfall gerettet hat. Hier feierten sie mit dem internationalen Jet-Set, und hier erlebte er auch seine schwersten Abstürze, trank zeitweise täglich zwei Flaschen Whisky und nahm jede Droge, die er kriegen konnte. Wie mein Dad, nur ohne Jet-Set. Und deshalb ist es womöglich ein guter Ort, um über Dad nachzudenken. Nach dem Tod seines Freundes ließ Bergé dessen Asche in einem privaten Teil des Gartens verstreuen. Sie liegt irgendwo zwischen den Riesenkakteen und 300 anderen Pflanzenarten. Ich verbringe sehr viel Zeit bei den Riesenkakteen.

Als ich gegen Mitternacht zurückkehre, bin ich tatsächlich wieder der einzige Gast auf der Dachterrasse. Ich schaue in meinem Notizbuch die Fragen an, die ich mir aufgeschrieben habe. Beat kommt nach oben und erschrickt kurz, als er mich sieht. Dann geht er noch mal runter und kommt mit zwei Bieren zurück. Er gibt mir eins, steckt sich eine Zigarette an, und wir schweigen ein bisschen miteinander. Dann sagt er, ich hätte das Bingo verpasst. Aber ich sei scheinbar anders als die anderen Frauen, die alleine hierherkämen.

«Wie sind die denn so?», frage ich ihn.

– «Die meisten wollen Kamele reiten und mit mir schlafen», antwortet Beat.

«In dieser Reihenfolge?», frage ich.

– «Nee», sagt Beat, «in umgekehrter.»

«Ich bin hier wegen meines Vaters», sage ich.

– «Lebt der hier?», fragt Beat.

«Nein», antworte ich, «der ist tot. Aber der war hier früher mal mit seinem Freund Wippo, weißt du. Da war er noch ganz jung. Sie sind mit der Fähre von Gibraltar rüber nach Tanger und dann weiter nach Marrakesch und Essaouira, und diese Reise, die muss wichtig gewesen sein für ihn. Es war sein erstes großes Abenteuer, und danach wurde er quasi süchtig nach der Ferne. Auch, als es mich schon gab, wollte er immer wieder weg. Ist dann einfach abgehauen. Manchmal für Monate, manchmal für Jahre. Er kam kurz vor meinem 18. Geburtstag zurück nach Deutschland, aber da war er schon aidskrank und starb bald darauf.»

– «Warum hast du ihn denn nie gefragt, was genau ihn

in die Ferne gezogen hat?», fragt Beat. Das wäre doch das Einfachste gewesen.

Beat hat natürlich recht, aber im Nachhinein macht ja immer Sinn, was man hätte machen können in diesen oder jenen verpassten Momenten. Aber man hat es halt nicht gemacht, deshalb sind es ja genau diese Momente, die einen immer noch beschäftigen.

«Ich weiß es nicht, Beat», antworte ich. «Vielleicht war ich zu jung. Vielleicht zu feige. Letztendlich ist er gestorben, ohne dass ich ihm eine einzige wichtige Frage gestellt hatte.»

– «Und deshalb», fragt Beat, «bist du jetzt hier?»

Ich nicke.

– «Und was willst du genau wissen?»

Ich schlage mein Notizbuch auf und zögere kurz. Es ist mir schon immer leichter gefallen, mich Menschen anzuvertrauen, die nicht meine Freunde sind. Es fällt mir sogar leichter, mit Fremden zu schlafen, auch wenn das bestimmt irgendeine Störung ist, die die Psychologin damals übersehen hat, womöglich, weil ich ihr auch nichts davon erzählt habe. Egal. Ich lese Beat ein paar der Fragen vor.

Hat mein Vater den Eisenwald genau so sehr gehasst wie ich?

Fühlte er sich in der Ferne wie der Mensch, der er gerne sein wollte?

Wenn er Dieter Bockhorn bewundert hat, warum hat er nicht gelebt wie er?

War ich ein Versehen?

Warum hat Bremer sich umgebracht?

Beat zieht mich irgendwann einfach zu sich heran, ich lege meinen Kopf in den Nacken, er beugt sich über mich, und wir küssen uns. Später gehen wir zu ihm, in ein kleines, einfaches Apartment im Riad. Ich sage ihm, dass ich bei ihm schlafen möchte, aber nicht mit ihm.

– «Ist gut, Marlene», sagt Beat. «Das wollen ja schon ...»
«ALLE anderen», beende ich seinen Satz.

– «Willst du nicht auch was über mich wissen?», fragt Beat.

Nein, denke ich. «Doch», sage ich.

Beat zieht sein Hemd aus, was den Blick auf seinen beeindruckend athletischen Oberkörper freigibt, legt sich auf das Bett, dreht sich zu mir und erzählt in dieser Posterboypose eine unendlich lange und öde Geschichte: über seine Familie in der Schweiz, die in Zollikon in einem Haus mit Blick auf den Zürichsee wohnt. In der Familie ist alles in Ordnung, seine Eltern lieben sich, seine Schwester hat ihre Matura mit Auszeichnung bestanden. Beat hat zunächst angefangen, Biotechnologie an der ETH zu studieren, aber nach drei Semestern abgebrochen, was die Familie wiederum furchtbar aufgebracht hat. Die Pointe ist, dass Beat sich zum ersten Mal gegen seine Eltern durchgesetzt hat und abgehauen ist, erst nach Spanien, dann nach Marokko. Die Geschichte ist weit weniger interessant als sein Oberkörper, aber vermutlich ist Beat einfach noch sehr jung. Und mit den Jüngeren muss man milde sein. Jedenfalls arbeite er jetzt hier in diesem Riad und lebe seinen Traum, so formuliert er das.

Beat und ich schlafen wenig später einfach nebeneinander ein. Am nächsten Tag schleiche ich mich mit

Sonnenaufgang aus Beats Zimmer, packe meine Sachen und laufe zum Busbahnhof.

Als ich in den klimatisierten Reisebus steige, fühlt es sich zum ersten Mal so an, als würde ich einen Menschen, den ich verloren habe, langsam wiederfinden. Ich versuche mich daran zu erinnern, ob ich überhaupt mal mit meinem Vater im Urlaub war. Mir fällt nur ein einziger ein: Ibiza. Da kann ich nicht mal vier gewesen sein. Ich kenne die Fotos, wie ich als kleines Mädchen neben meinem Vater in weißen Badeshorts stehe. Ich meine mich auch daran zu erinnern, dass ich einen Salamander mit einem pinken Gummischuh zu Tode gequält habe. Eigentlich wollte mein Vater wieder alleine mit seiner Clique fahren und Party machen, aber dieses eine Mal muss meine Mutter darauf bestanden haben, dass wir beide auch mitkamen. Und so verbrachten wir zwei Wochen lang eine Art Familienurlaub in einem kleinen Ferienhaus mit Pool.

Ibiza war kein Liebesurlaub, und meine Eltern waren nicht mehr die zwei Menschen aus der griechischen Höhle von damals. Ich weiß noch, dass sie sich viel gestritten haben in dem Urlaub und dass einer der Freunde meines Vaters am letzten Tag einen Eimer Sangria gemischt mit MDMA in den Pool hat fallen lassen, weshalb ich nicht mehr reindurfte und die Gruppe eine zusätzliche Reinigungsgebühr zu zahlen hatte. Ich erinnere mich noch daran, wie die Orangenscheiben auf der Oberfläche zwischen meinen Gummitieren schwammen und wie meine Mutter gebrüllt hat.

Bis auf die Sache mit dem Pool fand ich den Urlaub eigentlich ziemlich gut. Ich durfte fast die ganze Zeit nackt rumlaufen und ständig Eis essen, und die Freunde meines Vaters waren immer ausgelassen.

Meine Mutter hat mir Jahre später erzählt, dass der Urlaub schrecklich für sie gewesen sei. Sie hätte jeden Abend allein mit dem schlafenden Kind, also mir, verbracht, während die anderen zum Feiern und Koksen aufbrachen. Die Beziehung zwischen ihr und meinem Vater war da schon kaum noch als Ehe zu bezeichnen. Kurz nach Ibiza war alles vorbei.

Als ich nach knapp drei Stunden aus dem Bus steige, rieche ich das Meer. Ich laufe mit dem Rucksack Richtung Atlantik; am Strand spielen marokkanische Kinder Fußball, Möwen schreien, der Himmel ist blau, hinter mir erhebt sich die Stadtfestung zu einer imposanten Erscheinung. Vor der Küste liegt die Insel Mogador, auf der sich eine alte Moschee befindet. Ich krame die Karten von Wippo raus. Essaouira hat mein Vater mit Bleistift umkringelt und dazugeschrieben: «Noch nie etwas Schöneres gesehen!»

Ich starre aufs Meer, nehme den schweren Rucksack ab und setze mich. Nicht weit von mir sitzt ein Hippie mit einer Gitarre und spielt *Castles Made of Sand* von Jimi Hendrix. Ich merke, wie mir eine Träne über die Wange rollt, dann noch eine.

Werd jetzt bloß nicht peinlich, Marlene, denke ich. Dann weine ich weiter. Um was, weiß ich gar nicht genau. Um Dad, aber auch um mich, und vielleicht auch ein bisschen um all unsere verpassten gemeinsamen Momente. Vielleicht wären wir uns wieder nähergekommen, wenn er sich nicht infiziert hätte. Vielleicht hätte es dann auch einen späten Sieg für uns beide gegeben?

Ich bleibe fast drei Wochen in Essaouira. Jeden Tag laufe ich von einem kleinen Gästehaus in der Altstadt runter ans Meer und trabe mich in eine Art Trance. Wenn man nur lange genug mit nackten Füßen durch den Sand läuft, fangen die Waden irgendwann an, höllisch zu schmerzen, aber das ist gut, denn dann tut das Denken nicht mehr so weh.

An manchen Tagen verliere ich mich in all den *Vielleichts* in meinem Kopf.

Vielleicht wollte mein Vater ja gar kein Kind ist das *Vielleicht*, das am meisten weh tut. Hat er vielleicht meine Existenz dafür verantwortlich gemacht, dass er zurück in den Eisenwald musste? Und wäre mein Vater woanders vielleicht nie drogenabhängig geworden? Als ich meine Mutter mal danach fragte, hat sie gesagt, sie glaubt, wenn wir gemeinsam weggegangen wären aus dem Eisenwald, also, als sie feststellten, dass sie dort nicht glücklich würden, dann hätte unsere Familie bestimmt noch eine Chance gehabt. Aber am Ende, sagte meine Mutter, hat meinem Vater einfach der Mut gefehlt, sich gegen seinen Vater durchzusetzen. Und nach dem Tod seiner Mutter wurde es natürlich nicht einfacher für ihn. Ich sei ganz bestimmt nicht schuld gewesen, an gar nichts, beteuerte sie. Aber eine Mutter, die ihr Kind liebt, kann nicht anders, als das zu sagen. Das ist mir schon klar. Opa Dudu starb übrigens ein Jahr nach meinem Vater an einem Herzinfarkt. Seine Haushälterin fand ihn leblos im Sessel sitzend. Die Wurstfirma war da schon längst pleite, und seine Freunde von einst hatten das Weite gesucht. Ich erbte nichts als Schulden, weshalb ich das Erbe auch ausschlug. Die Haushälterin bezahlte ich mit den Siegelringen unserer Familie.

Als die Fischer mir bei meinen Spaziergängen schon zuwinken, steht mein Rückflug nach Deutschland kurz bevor. Obwohl mein Vater keine Spuren in Marokko hinterlassen hat, habe ich mich ihm hier nah gefühlt. Vielleicht näher, als ich ihm im Eisenwald jemals kommen konnte.

Mücke

Die Wohnung in Hamburg empfängt mich angenehm aufgeräumt und riecht nach teurem Weichspüler. Inci hat sogar Blumen mitgebracht. Menschen, die für sich Blumen kaufen, machen auf mich immer einen emotional stabilen Eindruck. Inci ist arbeiten, und ich nehme ein langes Bad und schenke mir ein Glas teuren Rotwein ein, den sie geöffnet auf der Küchenanrichte stehenlassen hat. Als Erstes rufe ich Leonie an. Sie fragt mich sofort über Marokko aus. Ich sage, es sei gut gewesen, aber ich habe eben nur Orte gesehen, die mein Vater mochte. Noch habe ich keine Menschen kennengelernt, die mir mehr über ihn erzählen konnten. Leonie sagt, dass komme noch, ganz bestimmt. Ich solle mich nicht stressen. Dann erzählt sie mir, dass Kalle völlig fertig sei. Das Szenemagazin, dessen schlecht bezahlter Chefredakteur er seit Jahren war, wird eingestellt. Man investiere jetzt lieber in die digitale Zukunft und nicht mehr in gedruckte Plattenkritiken und Konzertberichte. Auch ich habe manchmal für Kalle gearbeitet. Ich glaube, auch mir gefiel die Vergangenheit dort besser als die Zukunft.

Ich verspreche, Kalle anzurufen, aber vergesse es sofort, nachdem wir aufgelegt haben.

Statt Kalle rufe ich Oleg an und frage ihn, ob ich in den nächsten Tagen bei ihm schlafen kann, obwohl ich die Antwort schon kenne.

Ich muss in den Eisenwald, um Mücke zu besuchen, der dort immer noch wohnt. Mücke soll mir von Indien erzählen und von den Goa Freaks. Wie sonst soll ich die finden? Marokko war gut, aber ganz unbestimmt. Es wird Zeit für den nächsten Schritt. Den Anruf bei Mücke habe ich sehr lange vor mir hergeschoben. Als ich ihn endlich wage, ist es weniger schlimm als befürchtet. Mücke meint, dass Wippo ihm schon Bescheid gegeben habe. Er sei «über die Angelegenheit im Bilde». Ich könne gerne kommen, er sei eh zu Hause – in Frührente. Wir verabreden uns für übermorgen Mittag. Als ich frage, ob ich Oleg mitbringen könne, antwortet Mücke: «Wenn der vertrauenswürdig ist, ja.» Den Rest des Tages verbringe ich damit, Wäsche zu waschen, abends kommt Inci und macht Zucchininudeln. Wir essen zusammen, dann muss sie los. Sie hat einen vielversprechenden Typen auf Tinder kennengelernt. Er stehe allerdings auf erotische Lyrik. Sie fragt mich, was das wohl bedeute. Ich habe keine Ahnung. «Hoffentlich kein Perverser», sagt Inci noch.

Am nächsten Tag gehe ich bei Leonie im Laden vorbei, die gerade Pause macht. Kalle sitzt auf der Ledercouch im Warteraum und macht ein trauriges Gesicht. Leonie kreischt, als sie mich sieht. Als ich Kalle umarme, sagt er: «Frag nicht, frag einfach nicht.» Ich halte mich daran, aber Kalle erzählt sowieso alles von alleine. Ich sitze da und höre zu. Kalle ist ein guter Typ; er hat es nicht verdient, so abserviert zu werden. Aber die Vorstellung, im Leben würde man bekommen, was man verdient, ist eben auch naiv. «Ich wäre auch so gern schwanger», sagt Kalle, «ich werde immer nur vom Schicksal gefickt.» Dann muss er los, er will sich heute noch arbeitslos melden. Wir schauen ihm hinterher. «Armer Willi», sagt Leonie. «Armer Kalle», ich.

Ich erzähle Leonie von Marokko, sie mir von ihrer Hebamme und dem Aquafitkurs für Schwangere. Sie sagt, man trainiere da mit bunten Schwimmnudeln, ich solle mal vorbeikommen. Jede Frau müsse mal gesehen haben, wie affig das aussieht. Sie sei jetzt ein Schwimmnudelwarrior. Dann kommt Kai und bringt Tequila vorbei. Kai hat sich jetzt sogar etwas unter das Auge tätowieren lassen, genau denselben Spruch wie der amerikanische Rapper Post Malone, «Always tired». Kai küsst erst Leonies Mund, dann ihren Bauch. So viel Beziehungskitsch kann ich schwer ertragen, deshalb verabschiede ich mich bald. Außerdem kommt Kundschaft.

Nachmittags packe ich meine Sachen in den Manta und fahre in den Eisenwald. Der Manta springt sofort an, und ich bin dankbar für das bisschen Verlässlichkeit, auch wenn sie von einer Maschine kommt. Die vier Stunden fülle ich damit, Musik zu hören. Ich erinnere mich daran, dass Dad mir vor Jahren von der amerikanischen Sängerin Janis Joplin vorgeschwärmt hat. Angeblich habe sie mal gesagt: Besser 25 gute Jahre leben als 70 beschissene. Und das sei auch sein Motto, hatte mein Vater damals gemeint.

Ich suche Musik von der texanischen Sängerin und schalte sie an. Joplin starb mit 27 an einer Überdosis Heroin. Und die A1 Richtung Eisenwald ist wie immer voller Baustellen.

Bevor ich zu Oleg fahre, will ich noch bei meiner Mutter vorbei. Sie schneidet gerade Kletterrosen im Vorgarten, als ich komme. Ich umarme sie lange. Sie riecht nicht mehr nach Wurst, sondern nach einem warmen, guten Gefühl. «Fährst du immer noch diese alte Schrottkarre?», sagt sie zur Begrüßung. «Ich habe Angst, dass die dir irgendwann mal unter dem Hintern auseinanderbricht.»
Ach Mama!
– «Bist du eigentlich wenigstens im ADAC?»
Ich nicke und sage ihr, ich sei im ADOKC.
– «ADOKC?»
«Im Allgemeinen Deutschen Oleg-Kowalski-Club.»
Meine Mutter lacht und geht in die Küche, ich setze mich auf die Holzbank vor unserem Haus. Alles sieht aus wie immer. Der Vorgarten, die Büsche, die Straße. Im Teich kreist ein einsamer Goldfisch. Meine Mutter kommt mit einem Tablett, auf das Zitronen gedruckt sind und auf dem Zitronenlimonade steht, zurück. Meine Mutter ist voll meta, denke ich. Wir reden kurz über Marokko und wie braun ich geworden bin. Und dass ich morgen mit Oleg zu Mücke fahre, wegen der Goa Freaks. Meine Mutter sagt, dass sie Mücke nie mochte. Er sei ein widerlicher Mensch. Sie hätte ihn mehrfach aus der Wohnung geschmissen, aber er sei immer wieder aufgetaucht, wie ein streunender Köter. Letztlich sei er derjenige ge-

wesen, durch den mein Vater auf Kokain gekommen sei. Dann wechselt sie das Thema und erzählt mir was von den Nachbarn, die ich nicht kenne, aber meine Mutter behauptet natürlich doch, und darum geht es auch gar nicht. Sie will jetzt von diesen Nachbarn erzählen. Also ergebe ich mich und nicke. Die Nachbarn haben einen Wasserschaden und einen Dobermann mit Epilepsie. Den Dobermann haben sie ganz normal bei einem seriösen Züchter erstanden. Für über zweitausend Euro! Und jetzt sei das arme Tier so krank. Es hätte letztens mitten im Tennisclub einen Anfall gehabt. Alle wären furchtbar erschrocken, als der Hund plötzlich zusammengebrochen sei, als sie da so friedlich zusammensaßen und ihr alkoholfreies Weizenbier getrunken haben. Der Dobermann hätte plötzlich Schaum vor dem Mund gehabt und auch sein Arschmuskel hätte sich unter den Krämpfen gelockert, wenn ich verstehen würde, was sie damit meine. Ich nicke und sage nichts, aber natürlich stelle ich mir die Frage, was ein Dobermann mit einem Krampfleiden überhaupt in einem Tennisclub zu suchen hat.

Nach der Dobermanngeschichte erfahre ich noch, dass Nicole Ludkowski ein neues Auto hat, einen SUV in Metallicgrau von Auto Ringelhardt, Super-Platin-Sonderausstattung. Und die Meiermanns, so erzählt man sich, seien jetzt in Paartherapie. «Das mit dem Jörn», sagt meine Mutter, «das haben die nie verkraftet.» Es klingt so, als sei das verwunderlich.

Als sie fragt, was es in Hamburg Neues gibt, erzähle ich ihr, dass Leonie schwanger ist. Meine Mutter lächelt ganz selig bei der Information. «So ein Enkelkind», sagt sie, «ist ja schon was Schönes.» Dann müsse sie dringend mal die Ulrike, Leonies Mutter, anrufen, um ihr zu gratulieren. Jetzt wechsele ich schnell das Thema. Als es wenig später anfängt zu dämmern und meine Mutter aufsteht, um den Rasensprenger anzustellen, verabschiede ich mich, bevor mein Stiefvater nach Hause kommt. Ich will los zu Oleg, dem ich gute Grüße ausrichten soll – genau wie Leonie. Meine Mutter geht nochmal rein und holt etwas. Als sie wiederkommt, drückt sie mir ein zerfleddertes *Siddhartha*-Exemplar in die Hand. Meine Mutter sagt, Hesses Buch hätte meinen Vater dazu inspiriert, nach Indien zu fahren. Vielleicht wolle ich es ja lesen? Ich bedanke mich, dann bringt sie mich zum Auto. Sie sagt, ich solle bitte auf mich aufpassen in Indien und Asien. Ob das eigentlich sein müsse, dass ich da ganz alleine hinfahre. Ich nicke und steige in den Manta, den meine Mutter misstrauisch beäugt. «Du wirst schon machen, was richtig ist», sagt sie. Ich bin mir nicht sicher, ob sie damit mich oder eher sich beruhigt.

«Mama?»

– «Ja?»

«Warst du oft wütend auf Papa?»

– «Tausendmal», antwortet sie. Und winkt zum Abschied, bis ich um die Ecke gebogen bin.

Ich fahre zu Oleg. Rechts und links verschwimmen die Wälder zu einer dichten dunklen Wand.

Oleg wohnt noch immer in der Neubausiedlung auf dem Hügel, inzwischen aber in der kleinen Anliegerwohnung seiner Eltern. Die Garage steht offen, Musik läuft, und Oleg liegt auf einem Rollbrett unter einem alten Opel Senator. Man sieht eigentlich nur seine Füße. Ich schleiche mich hin und ziehe mit einem Ruck daran. Oleg schnellt unter dem Auto hervor, trägt eine Schutzbrille und sieht damit aus wie ein verrückter Chemielaborant. «Den bekomme ich wieder hin», sagt er zur Begrüßung. Nichts anderes habe ich erwartet. Ich setze mich auf ein Regal in der Garage und sehe ihm dabei zu, wie er sich die Finger im Waschbecken sauber schrubbt. Dann umarmt er mich lange. Oleg sagt, ich sähe richtig ausgezehrt aus und so braun, ich würde glatt als Laugencroissant im Backfrisch-Shop auslieben können. Dann fragt er mich, was es Neues in der Nachbarschaft gibt. Oleg kennt meine Mutter so gut. Ich bete also ihre Neuigkeiten runter. «Und der Dobermann von Dings, nä, also, die, die wir nicht kennen, der hat jetzt also wirklich Epilepsie?», fragt Oleg. Ich hebe die Finger, lege sie auf mein Herz und schwöre es bei meinem Leben.

– «Brutal», sagt Oleg. «Anuskontrollverlust im Tennisclub.»

«Guter Songtitel», entgegne ich. «Und ach ja, meine Mutter wünscht sich ein Enkelkind.»

– «Wenn du willst, können wir eins machen», antwortet Oleg.

«Na dann», sage ich und schaue auf den ölverschmierten Betonfußboden.

Oleg hat zum Abendessen einen beeindruckenden Berg Mett gekauft. Dazu Zwiebeln, Senf, Kapern und Brötchen. Er besteht darauf, dass wir gemeinsam einen Mettigel bauen. Wir gehen also in seine Wohnung und formen das Fleischtier aufwendig. Aus Zwiebeln schnitzen wir filigrane Stacheln. Oleg fotografiert es und stellt den Mettigel auf Instagram. Er poste nur Autos, Motorräder und Mettigel, erzählt er mir. Sonst nichts. Das sei sein Digitalkonzept. Er hätte erst neulich ein sehr interessantes Buch dazu gelesen, na, über digitale Strategien. Ich schaue mir Olegs Instagramprofil an. Er hat 14 Follower.

Den nächsten Tag hat Oleg sich freigenommen, zumindest formuliert er das so. Es klingt, als ginge er sonst einer geregelten Lohnarbeit nach. Oleg hat bereits angeboten, mit mir zu Mücke zu fahren. Was ich gerne angenommen habe. Ich erzähle ihm von dem Telefonat und meinem Verdacht, dass er womöglich etwas seltsam sei, also dass er zumindest geredet habe, als betreibe er eine Detektei. Oleg beunruhigt das nicht weiter. Weil es draußen noch so schön warm ist, stellen wir den Rest des Igels in den Kühlschrank und fahren auf unseren Lieblingshügel, machen Feuer und grillen eine Packung XXL-Marshmallows aus dem FrischeParadies plus an dünnen Stöckern. Auf der Packung ist das Logo des FrischeParadieses plus gedruckt: Frischli, ein grinsender Frosch. Bei seinem Anblick muss ich grinsen.

Als ich noch im Eisenwald wohnte, war ich oft mit Oleg zum Einkaufen da. Einmal war in einer der Einkaufshallen eine Insel mit Campingzubehör aufgebaut. Ein Zelt, zwei Stühle, eine Campinglampe. Im Zelt zwei Luftmatratzen und Schlafsäcke – alles zum *Supersommer-Outdoor-Sonderpreis*, denn *Camping ist cool!*, wie das Schild weiter versprach. Oleg blieb davor stehen und sagte zu mir: «Komm, lass mal reinkriechen.» Das haben wir dann auch gemacht. Als wir da so lagen, ertönte diese Durchsage: «Sehr geehrte Damen und Herren, wir schließen in 15 Minuten. Bitte beenden Sie Ihren Einkauf innerhalb der nächsten Viertelstunde und begeben Sie sich unverzüglich zu einer der Kassen! Wir bedanken uns für Ihren Einkauf im FrischeParadies plus und wünschen Ihnen noch einen schönen Abend.» Oleg drehte sich zu mir um, und noch bevor er etwas sagen musste, habe ich es in seinen Augen gesehen. «Lass uns doch einfach hier drin liegenbleiben, Marlene!», flüsterte er mir zu. Dann hat er sich aufgesetzt und den Reißverschluss von innen zugezogen. Ich hatte keine Einwände und bin einfach still liegen geblieben. Oleg und ich sind erst wieder aus dem Zelt gekrochen, nachdem die Putztrupps weg waren und wir davon ausgehen konnten, dass der Nachtwächter seine vermutlich letzte Runde längst gedreht hatte. Im FrischeParadies plus brannte nur noch die Notbeleuchtung. Wir hatten den ganzen Supermarkt für uns alleine. Wir konnten es beide kaum fassen. Es war so leise ohne die Angestellten und Kunden und das Rattern der Wagen, dass uns das Summen der Kühlanlagen unglaublich laut vorkam.

    Wir rannten euphorisch durch die Gänge und sahen uns alles lange an, und jeder von uns hat bestimmt zehn Eis gegessen und sehr viele Tüten Chips. Wir posierten mit Frischli, dem Frosch im Eingangsbereich, herum, und Oleg hat Zahnpasta und Zahnbürsten, die Musik spielen konnten, aus den Regalen geklaut, und damit haben wir uns dann auf der Kundentoilette zu *Killing me softly* die Zähne geputzt.

Als wir müde wurden, sind wir wieder ins Zelt und in die Schlafsäcke gekrochen. Oleg hat die Campinglampe angemacht und mir davon erzählt, dass es in Hamburg mal eine linke Gruppe gegeben habe, die als Superhelden verkleidet Supermärkte stürmte und die Beute an Arme verteilte – so wie bei Robin Hood. Einmal seien sie sogar mit einem ganzen Wildschwein aus einem Feinkostladen gerannt.

Ich habe bei Oleg im Arm gelegen, und er flüsterte mir zu: «Schöner kann Campen an der Côte d'Azur doch eigentlich auch nicht sein.» Dann bin ich eingeschlafen. Am nächsten Tag haben wir uns einfach unter die ersten Kunden gemischt. Als ich jetzt meinem Marshmallow beim Zerschmelzen zusehe, frage ich Oleg, ob er sich noch an unsere Nacht im FrischeParadies plus erinnert. «Ich erinnere mich an jedes Abenteuer mit dir, Marlene», antwortet er sofort.

Wir reden noch ein bisschen über Leonie und das Baby, dessen Patentante ich werden soll, und ich sage Oleg, dass es ein komisches Gefühl sei, dass Leonie Mutter wird. Und dass ich mich gleichzeitig für dieses Gefühl schäme. «Ist doch normal, Marlene», sagt Oleg, «wenn andere Kinder kriegen, erinnert das einen halt daran, dass man selbst keins mehr ist. Und das ist halt scheiße.»

Vielleicht hat Oleg recht. Vielleicht befinde ich mich gerade in einem seltsamen Zwischenstadium. In der Schule habe ich gelernt, dass es verschiedene Arten von Umwandlungsprozessen gibt. In der Geologie zum Beispiel nennt man die Umwandlung von Pulverschnee in Gletschereis Metamorphose. Ich wäre gerne richtig hartes Gletschereis. Als ich Oleg davon erzähle, meint er, ich sei hart genug.

Später im Bett rumort die Mischung aus fettem Fleisch und Zucker brutal in meinem Magen, und ich hoffe, nicht wieder Sodbrennen zu bekommen. Aber vielleicht liegt es auch gar nicht an dem Mett und den Marshmallows, sondern an Mücke morgen. Oder an allem ein bisschen. Aber was weiß ich schon. Neben mir schnarcht Oleg gleichmäßig, und irgendwann gibt mein Magen Ruhe und ich dann auch.

Als ich morgens aufwache, ist das Bett neben mir leer. Aus der Garage höre ich ein Klirren, Oleg schraubt bestimmt schon wieder. Er schläft nie so lange wie ich. Ich gehe duschen, wische den beschlagenen Spiegel wieder klar und sehe mich danach lange an.

Ich finde mich weder besonders schön noch besonders hässlich. Aber Oleg hat recht. Seit Marokko sind meine Haare, die glatt und dünn sind, aber nie aufregend, immerhin heller und meine Haut braun, aber so braun wie die meines Vaters wird sie nie.

Oleg kommt mit Croissants zurück und sagt, er hätte inzwischen schon drei Motorschäden behoben. Ob ich wenigstens gut geschlafen hätte? Ich schüttele den Kopf, denn ich habe mich in meinen Träumen die ganze Nacht durch Schneegestöber gekämpft. Oleg sagt, draußen würde die Sonne scheinen. Dann hält er mir einen Vortrag über luzides Träumen, während ich ein Croissant kaue und er den Mettigel-Kopf zum Frühstück verspeist. Luzides Träumen scheint mir so irre wie Oleg zu sein. Der behauptet nun, man könne mit dieser speziellen Technik selbst bestimmen, was man träumt. Also seine Träume lenken. Er hätte da gerade erst ein Sachbuch zu gelesen. Oleg liest immer nur Sachbücher und meistens über absurde Themen.

Nach dem Frühstück machen wir uns auf den Weg zu Mücke. Wir nehmen eins von Olegs Motorrädern und lassen meinen Manta bei ihm stehen.

Mücke wohnt in einem hässlichen Haus am Wendehammer hinter der ehemaligen Drahtzieherei. Wir müssen dreimal klingeln, bis er aufmacht. Man hört ihn sehr umständlich aufschließen. Als wir eintreten, schließt er hinter uns gleich wieder ab. Mücke ist sehr klein, seine Wohnung auch. Er wohnt hier seit 38 Jahren. Wir sollen die Schuhe ausziehen.

Mücke führt uns ins Wohnzimmer, das eigentlich gar kein Wohnzimmer ist, sondern ein vollgestellter Raum, in dem es riecht, wie es im Interregio-Raucherabteil-Zimmer meines Vaters früher gerochen hat. Statt Türen hat er Holzperlenvorhänge. In den Ecken stehen dieselben indischen Holzelefantenfiguren, die auch mein Vater hatte, aber hier sind sie gut getarnt durch all die Sachen, die auf diese paar Quadratmeter gequetscht wurden. Es ist so viel Zeug, dass es einfach zu einem ineinanderverkeilten Haufen Kram verschmilzt. Ich versuche, das Chaos optisch zu entwirren, und erkenne einen Baseballschläger, einen Wäscheständer, eine verstaubte Shisha, einen kaputten Plüschsessel. Kleine Hocker, auf denen wiederum anderer Kram gestapelt ist. In einer Ecke steht ein Aquarium, dessen Wasser wirkt, als hätte jemand sämtliche Farben eines Tuschkastens zu einer einzigen zusammengemischt. Oleg stellt sich vor das Aquarium und versucht zu ergründen, was sich in diesem moderigen Rechteck verbirgt.

«Darin leben zwei Diamantschildkröten», liefert Mücke die Erklärung. Aber die würden ihm das Wasser so zuscheißen, dass er gar nicht mehr hinterherkäme mit dem Saubermachen. Dann sagt Mücke, wir sollen Platz nehmen, und verschwindet in der Küche, man hört ein Klappern.

Oleg setzt sich mit mir auf die Couch und wirft mir einen vielsagenden Blick zu. Mücke bringt Kaffee, Eistee und River-Cola und stellt die Tassen, die aussehen wie aus einem Museum, irgendwo auf dem übervollen Wohnzimmertisch ab.

Dann setzt er sich auf die abgewetzte Ledercouch uns gegenüber. Mücke ist über 60, er sagt, er habe meinen Vater bei einer Party von Bremer kennengelernt, er selbst sei ja eigentlich gelernter Zerspanungstechniker, ein «Scheißharterjob», ein «Scheißharterjob». Jetzt wolle er hier aber erst mal ein paar Sachen klären. Zum einen wolle er sicherstellen, dass wir keine Bullen seien. Bei dem Satz schaut er uns so intensiv an, als könne man allein durch Glotzen rausfinden, ob jemand Polizist ist oder nicht. «Bullen», entfährt es Oleg, der anfangen muss zu lachen. Wenn Mücke wüsste, wie viele Schläuche Oleg schon angesaugt hat, um das Benzin aus Baustellenfahrzeugen zu klauen und in seine Karren umzuleiten. «Mensch, Mücke», sage ich, «wie kommst du denn auf so was? Schau uns doch mal an! Sehen wir aus wie Bullen? Ich bin die Tochter deines toten Freundes Pepe und habe Fragen, deshalb sind wir hier, das weißt du doch von Wippo.»

Mücke wiegt den Kopf und zieht den Aschenbecher zu sich ran, er sagt, ja klar, stimme schon. Wie Bullen würden wir nicht gerade aussehen. Vor allem der nicht, sagt Mücke und zeigt auf Oleg. Bullen hätten niemals so billige Turnschuhe an. Dann öffnet er einen klobigen Holzkasten, in dem Gras, Tabak und Filter stecken. Wir könnten natürlich auch rauchen, sagt Mücke, dann dreht er sich einen Joint – Inside-Out – und hält einen Vortrag über die Schuhe von Zivilbullen. Mücke meint, er erkenne jeden Zivilbullen an seinem Schuhwerk. Seinen weiteren Ausführungen ist allerdings zu entnehmen, dass er bereits zweimal vorbestraft ist, weil er von Zivilbullen mit Gras gepackt wurde.

Zweitens sagt Mücke dann, müsse das, was er uns jetzt erzählt, unbedingt unter uns bleiben, er wolle nämlich keinen Ärger mit irgendeinem Amt oder so. Er hätte früher, als er mit unserem Vater in Indien war, nämlich Stütze kassiert, das sei natürlich nicht rechtens gewesen, und die Kohle jetzt zurückzuzahlen sei unmöglich, sagt Mücke. «Deswegen sind wir nicht hier», versichere ich ihm, zudem: «Das wäre doch längst verjährt, Mücke!» Manche Dinge würden aber nicht verjähren, erwidert Mücke, zum Beispiel Mord, das wisse er aus *True Detective*. Normalerweise sehe er derlei «Amischeiß» aber nicht an. Gegen die Amerikaner und deren Scheißpolitik seien er und mein Vater schon früher gewesen, lange bevor es Trump gab. Diese ganze Scheiße, sagt Mücke, könne er sich generell nicht mehr geben. Welche Scheiße er genau meint, bleibt unklar. Jedenfalls habe er keinen Fernseher, aber von *True Detective* hätte er letztens mal eine Folge bei einem Kumpel gesehen, das sei nicht schlecht gewesen, gar nicht schlecht. Er könne uns aber nicht sagen, wer dieser Kumpel sei. Das gehe uns schließlich nichts an. Jetzt habe er aber eine Idee, sagt Mücke und zieht an seinem Joint: Ich könne ihm ja mal meinen Personalausweis zeigen. Oleg schaut mich verwirrt an, aber ich krame den Personalausweis einfach raus und reiche ihn Mücke rüber. Er biegt ihn leicht und beisst einmal in die Ecke. «Ist echt», sagt er. Ich sei also wirklich die Tochter seines lieben, alten Freundes Pepe.

«Hab ich dir ja gesagt, Mücke», sage ich, «und ich fliege in ein paar Tagen nach Goa, und dafür brauche ich deine Hilfe. Du warst doch in Goa mit meinem Vater?»

– «Ja, ja», sagt Mücke.

«Wo genau wart ihr denn da?»

– «Anjuna Beach», sagt Mücke. «Bei den Goa Freaks, da wollte dein Alter unbedingt hin. Der hatte darüber irgendwas gelesen, der hat ja immer was gelesen. Ich hab nie gelesen, ich lese bis heute nichts, außer dem *mushroom magazine*. Aber egal, war ja 'ne gute Idee. Wir sind da also hin. Hatten nur ein bisschen Kohle dabei. Und na ja, da waren ganz viele Hippies und ganz viel Dope und ein großer Strand, und es war irre heiß, und man brauchte kaum Geld. Von der Stütze konntest du da leben wie ein König. Und das haben wir dann auch gemacht. Also ich zumindest.»

Anjuna, das weiß ich von meiner Mutter, war der Ort,

an den mein Vater unbedingt wollte. Er hatte in einem Buch von diesem Ort gelesen, und sein Dealer im Eisenwald hatte ihm auch davon erzählt. Und Goa galt als Drogenparadies, seit die ersten Hippies und Beatniks den kleinen indischen Bundesstaat in den 60er Jahren für sich entdeckt hatten. In Anjuna Beach versammelten sich in den Siebzigern und Achtzigern die sogenannten Goa Freaks. Sie waren es auch, die das Kokain und die ersten chemischen Drogen aus den USA nach Indien schmuggelten. Vorher hatte es vor allem Marihuana gegeben. Die Goa Freaks waren die Wegbereiter des Goa, wie wir es heute kennen. Sie haben den Grundstein für die Infrastruktur gelegt, für den Massen- und Partytourismus. Ihre Trampelpfade von damals sind heute asphaltierte Einflugschneisen. Und den Drogenhandel in Goa kontrolliert inzwischen längst die russische Mafia. Aber all das erzählt Mücke nicht, vielleicht weiß er es auch nicht. Er wiederholt vor allem ununterbrochen, wie genial da alles gewesen sei. Als ich mein blaues Notizbuch aus der Tasche krame, um mir ein paar Gedanken aufzuschreiben, weist Mücke mich brüsk an, es wieder einzustecken.

«O.k., Mücke. Und wie seid ihr damals nach Anjuna gekommen? Goa hatte doch zu der Zeit noch keinen eigenen Flughafen, oder?»

– «Ach», sagt Mücke. Das wisse er jetzt auch nicht mehr ganz genau.

«Und wo in Anjuna habt ihr dann gewohnt?»

– «Na hier und da», sagt Mücke. «War echt supergeil gewesen, supergeil.»

«Wie habt ihr die Goa Freaks denn gefunden?»

– «Joa», sagt Mücke, «die waren halt einfach da. An diesem Strand.»

Das hätte alles mehr oder minder mein Vater organisiert, er sei nur mitgekommen. Er sagt, der Pepe habe ja, was Arbeit betrifft, nie «Hier» geschrien. Nur, wenn es um Abenteuer ging, dann wäre er ganz weit vorn gewesen. Und um Konsum. «Wir haben beide ganz schön was weggezogen», sagt Mücke und zwinkert mir dabei so debil zu.

«Was habt ihr denn genommen, Mücke?»

– «Na, alles. Kokain. LSD. Mescalin. Opium.»

Und als ich «Heroin» frage, da nickt er. Fügt aber «nur geraucht, nie gespritzt» hinzu.

«O.k. Und was habt ihr in Goa dann den ganzen Tag gemacht?»

– «Na, eben das», sagt Mücke und grinst dämlich, «was weggezogen.» Geil sei das gewesen, supergeil.

«Und sonst? Habt ihr euch noch andere Teile Indiens angesehen oder so?»

– «Nö.»

«Gibt es in Goa noch Leute, die ihr von damals kennt?»

– «Na sicherlich.»

«Könntest du mir deren Namen geben?»

– «Also wie die jetzt noch mal hießen», sagt Mücke, «das weiß ich natürlich nicht. Das ist ja alles schon ewig her. Aber es war wirklich alles sehr geil.»

Ein Schrillen ertönt, Mücke ruft «Fütterungszeit» und springt auf.

«Der ist total debil», flüstert Oleg mir zu, während Mücke wieder in der Küche klappert.

Ich nicke. Mückes Hirn erinnert sich scheinbar nur an

Konturen, nicht an Inhalte. Mit der Schule sind wir mal zu einem Anti-Drogen-Seminar nach Hattingen gefahren. Die meisten von uns hatten dort ihren ersten Vollrausch. Statt nach Hattingen sollte der Eisenwald seine Schulklassen lieber in Mückes Wohnung schicken, denke ich. Danach will niemand mehr Dealer oder Junkie werden. Mücke kommt zurück ins Wohnzimmer. In der Hand hält er eine geöffnete Dose Chappi. Die Geschmacksrichtung ist Ente-Leber, und sie stinkt erbärmlich. Das merkt sogar Mücke und schmiert sich eine dicke Schicht Tigerbalsam unter die Nase, bevor er den Deckel des Aquariums anhebt und mit einem Esslöffel fette Flatschen Hundefutter in das graue Wasser sinken lässt. An der Wasseroberfläche sieht man zwei kleine Schnorchel auftauchen und nach dem Hundefutter schnappen. Es ist, nach den Zombieratten in unserem Garten, das ekelerregendste Tierschauspiel, das ich je gesehen habe.

Oleg und ich bleiben noch drei Stunden bei Mücke, danach ist uns zumindest die Struktur der Beziehung zu Mücke und meinem Vater klar. Sie waren Freunde, aber anders als mit Wippo war die Grundlage ihrer Freundschaft der Rausch. An Namen oder Personen von damals erinnert sich Mücke nicht, auch nicht nach weiteren Nachfragen. Die meiste Zeit in Indien müssen er und mein Vater maximal vernebelt verbracht haben. Bevor wir aufbrechen, sagt Mücke, eine neue Information hätte er vielleicht noch für uns. Obwohl er ja nur 1,60 m sei und somit 20 Zentimeter kleiner als mein Vater es war, seien ihre Penisse immer exakt gleich lang gewesen. Das hätte er genau gesehen, sie waren ja beide viel nackt damals.

Während er sich noch einen Joint aufdreht, klingelt es an der Tür. Mücke seufzt und holt seinen Schlüsselbund. Wir können ihn durch die Holzperlenvorhänge nur hören, nicht sehen.

«Geht's gerade bei dir?», fragt eine raue Stimme.

– «Habt ihr sie noch alle, hier einfach aufzutauchen?», schreit Mücke. «Verpisst euch mal. Ich habe doch gesagt, ich rufe euch an, wenn die Luft rein ist! Wichser ihr! Hohlvögel! Scheiße ist das. Ihr seid doch zum Kacken zu blöde.» Es folgen Türgeknalle und Schließgeräusche.

Als Mücke zurückkommt, macht sein Gesicht uns klar, dass er dazu jetzt nichts sagen will. Er nimmt den Joint und zieht daran. Ich frage Mücke, ob es ihn eigentlich traurig mache, wie das Leben meines Vaters zu Ende gegangen sei.

– «Ja schon», sagt er.

Aber mit dem, was ihm in den letzten zwanzig Jahren an guten Kunden weggestorben sei, könne er zwei Friedhöfe füllen. Er sagt nicht *Freunde*, er sagt *Kunden*.

Wir lassen Mücke noch den Joint aufrauchen, dann brechen wir auf. Zum Abschied sagt Mücke noch, er wolle nicht, dass sein Name irgendwo auftauche und erst recht nicht seine Adresse. Schon gar nicht im Internet. Wir versprechen es ihm und treten vor die Tür. Mücke schließt hinter uns ab. Draußen wartet ein tiefergelegter Renault mit einem Airbrush-Tribal auf der Tür. Sobald die Typen darin sehen, dass wir aus Mückes Wohnung kommen, steigen sie aus und laufen auf das Haus zu. Von innen hört man Mücke schon wieder umständlich aufschließen.

Dann fahren wir zu Oleg, um meine Tasche zu holen. Ich muss zurück, mein Flug geht morgen Abend. Oleg bringt mich noch zu meinem Manta. Ich merke, dass er mir noch irgendetwas sagen möchte. Als ich mich verabschiede, frage ich ihn, was los sei. Er holt tief Luft, dann sagt er, er wolle mitkommen nach Indien und Koh Samui. Er habe doch Zeit, und wer weiß, was das für Typen seien, diese Goa Freaks. Er hätte schon nach Flügen gegoogelt und sich ein Touristenvisum besorgt. Er könnte morgen von Düsseldorf aus los. Dann kämen wir zeitgleich an. Ein richtiges Abenteuer wäre das. So wie früher. Ihm sei nicht wohl damit, mich alleine losfahren zu lassen.

Ich bin überrumpelt und muss erst meine Gedanken sortieren. Oleg hat sich hinter meinem Rücken um ein Visum bemüht. Er will mich bei etwas unterstützen, bei dem ich keine Unterstützung möchte. Und außerdem ist diese Reise kein Urlaub oder Abenteuer. Auch deshalb sage ich: «Nein, nein. Auf keinen Fall.»

– «Warum denn nicht?», fragt Oleg.

«Ich muss das alleine machen.»

– «Das hast du damals bei der Beerdigung deines Vaters auch gesagt», sagt Oleg. «Und dann standest du abends bei mir vor der Tür und warst voll fertig.»

«Ich will aber nicht, dass du mitkommst!»

– «Warum nicht, Marlene?»

«Lass mich einfach.»

– «Mache ich aber nicht!»

«Doch, Oleg!»

– «Ich hasse das, wenn du so bist.»

«Wenn ich wie bin?»

Oleg guckt mich an, sein Blick ist hart.
– «So scheiße halt», sagt er.
«Du mich auch», sage ich und drehe mich um.
– «O.k., aber wenn was schiefgeht oder so, ruf mich nicht an!», schreit mir Oleg hinterher.
«Auf keinen Fall», schreie ich zurück und starte den Motor.

Die ganze Fahrt über bekomme ich das versiffte Diamantschildkrötenbecken nicht aus dem Kopf und ärgere mich über Oleg. Wir streiten uns eigentlich nie. In all den Jahren haben wir uns immer mal wieder gegenseitig aufgezogen oder waren eifersüchtig auf die Affären des anderen, aber nie, wirklich nie, fanden wir uns scheiße, also so richtig. Zumindest dachte ich das. Warum also jetzt?

Abends treffe ich Gabriela. Sie steht schräg gegenüber von meiner Wohnung und hat einen Pappkaffeebecher in der Hand. Als ich ihr sage, dass ich morgen Abend über Bangkok nach Koh Samui fliege, zieht sie einen Schmollmund. Sie erzählt mir, dass sie schon seit zehn Jahren nicht mehr im Urlaub war und dass sie auch immer nach Thailand wollte, und zwar zum Wettbewerb «Miss International Queen». Das ist ein Schönheitswettbewerb für Transsexuelle in Pattaya City. Gabriela geht in die Knie und fängt an, mit den Hüften zu kreisen. «Das is meine Performance, Schatzi! Geht so, schau zu: Arsch raus, Tittis raus, Hände hoch, Eleganz, Tschatschatscha.»

Ich sage, dass ich keinen Urlaub machen werde, und überrede Gabriela, beim Pizzamann nebenan was mit mir essen zu gehen. Ich nehme eine große Napoli mit doppelt Käse und Gabriela eine kleine, einfach überbacken, weil Gabriela immer auf ihre Figur achtet. Wir sitzen in der Pizzeria und schauen raus auf die Straße und wie die Straßenlaternen angehen und die Nacht anbricht, und Gabriela erzählt mir von einer Hollywood-Diät, die sie vielleicht bald macht. Filmschauspieler würden damit bereits seit hundert Jahren abnehmen. Man schaffe locker zwei Kilo pro Woche. Der Pizzabäcker schreit von hinten, sie solle einfach weniger Pizza fressen, woraufhin Gabriela «Halt's Maul, du Maluco (‹Geisteskranker›)» brüllt.

«Fotze!», schreit der Pizzabäcker zurück. Dabei hat Gabriela einen Penis.

Ich zahle schnell und rauche mit Gabriela noch eine Zigarette vor der Tür. Dabei erzählt sie mir noch eine Kiezgeschichte. Als ich weg war, sei hier Folgendes passiert: Sie hätte gerade einen Premium-Freier an der Angel gehabt, da sah sie ein Stück Mensch in der Dunkelheit liegen. Sie sei dann hin, in einen Hauseingang, habe den krampfenden Körper nach oben gezogen und dabei auch erkannt. Es war die traurige Lioba. Hilf mir mal, hat Gabriela zum Freier gesagt, aber statt einen Krankenwagen zu rufen, habe der das Weite gesucht. Das mit dem Krankenwagen hätte dann die holländische Hure von gegenüber erledigt.

Als der Krankenwagen endlich ankam, legten die Sanitäter Lioba auf eine Trage, schnallten sie darauf fest und fragten Gabriele, ob jemand mit ihr verwandt sei. «Weiß ich nicht», antwortete Gabriela. Nur dass sie Lioba heiße und aus Frankfurt herkam und Crack hier auf den Stufen geraucht habe, und das halt jeden verdammten Tag.

«Ein Junkie», sagte einer der Sanitäter zum anderen. Dann drückte er ihr eine Spritze in die Armbeuge.

«Nein», hat Gabriela ihn angeschrien, «nein, du Arschloch, das ist ein Mensch!»

– «Sie hatte nicht mal Schuhe an», sagt Gabriela jetzt.

«Schlimme Geschichte», sage ich.

Dann verabschieden wir uns, Gabriela muss arbeiten. Ich gehe spontan noch ins Riff, schaue aber erst durch die Fenster, ob das Original am Tresen sitzt, was heute glücklicherweise nicht der Fall ist. Ich lasse mich wieder von der wohligen Wärme umarmen und bestelle ein Bier, unterhalte mich mit Fred, der immer da ist. Fred lächelt viel und stellt nie irgendwelche aufdringlichen Fragen. Er lässt die Menschen einfach am Tresen sitzen und Bier trinken. Wenn jemand was von sich erzählen möchte, hört Fred zu, aber wenn jemand sich in einer vollen Kneipe einfach etwas weniger allein fühlen will, dann ist das auch o.k. Fred hat eine Gitarrensammlung und sehr viel Ahnung von Musik. Er ist gut mit Kalle befreundet, der auch oft ins Riff kommt, um mit ihm zu fachsimpeln. Vielleicht ist Fred die beste Bedienung Hamburgs. Wir hören *Was hat dich bloß so ruiniert* von den Sternen, dann kommen zwei Menschen durch die Tür, der eine davon ist Joschi, die andere ist irgendeine blonde, tätowierte Frau mit einem Nasenring. Die Frau zieht aufreizend ihre Jacke aus, was wiederum ihre dünnen Oberarme freigibt, eine der Zeichnungen auf dem übervollen Arm stammt von Leonie (das erkenne ich sofort). Als Joschi mich sieht, schaut er irritiert, was er nicht muss, ich werde ihm keine Probleme machen. Seine Begleitung setzt sich, lacht, hebt die Hand und bestellt bei Fred zwei Gin Tonic.

Ich nicke Joschi zu. Seine Haare sind dicht und lockig und sein Kinn ganz markant. Er ist ein richtig schöner Mann. Es ist ihm unangenehm, mich hier zu treffen, das sieht man ihm an, vielleicht wegen der ganzen unbeantworteten Nachrichten, die er mir geschrieben hat. Vielleicht auch wegen der Frau. Ich will ehrlich sein: Ich finde es auch schade, dass er mit ihr hier ist und nicht alleine. Ich hätte Lust, mit ihm zu schlafen.

Das Problem an einem runden Tresen ist aber, dass man sich schlecht nicht sehen kann. Ich beschließe deshalb, großmütig zu sein, krame Kleingeld für mein Bier raus und lege es Fred hin. Ich sehe ein letztes Mal zu Joschi rüber, nehme meine Jacke und registriere, dass mein Abgang ihm aufgefallen ist. Die Frau redet ungebremst auf ihn ein.

«Bis bald, Marlene!», ruft Fred durch den Laden. Ich hebe zum Abschied die rechte Hand und ziehe mit der anderen die schwere Holztür auf. Ich laufe die Straße runter, an der Ecke röhrt ein giftgrüner Maserati. Ich denke an Lioba und Oleg und spüre das Bier, das mich angenehm duselig macht.

Nach fünf Minuten höre ich ein Schnaufen hinter mir.

– «Marlene! Warte doch mal.»

Ich muss lächeln. Es ist Joschi.

«Was ist denn mit deinem Date?», frage ich ihn und drehe mich um.

– «Ich vermute, das wird mich nicht noch mal sehen wollen», antwortet Joschi.

«Du bist einfach ...»

– «Abgehauen», ergänzt Joschi und nickt. «Ja!»

Wir stehen voreinander und sehen uns an. Und bevor er mich fragt, warum ich nie geantwortet oder zurückgerufen habe, beuge ich mich vor und küsse Joschi. Er zieht mich zu sich heran, riecht nach Leder und Locken, und sein Körper ist fest und passt perfekt zu meinem, so als hätte uns ein gut bezahlter Produktdesigner entworfen. «Marlene, Marlene», flüstert er, legt seinen Arm um mich, und so gehen wir die paar Meter bis zu meiner Wohnung, was bestimmt ein Fehler ist, weil man mit One-Night-Stands, wie der Name schon sagt, eben nicht zweimal schläft. Ich schließe die Wohnungstür auf und bin froh, dass Inci offenbar nicht da ist. Joschi geht zu meinem Plattenspieler und wählt genau die Platte, die ich jetzt auch zum Sex aufgelegt hätte. Ich hole uns zwei Wodka Soda und merke erst jetzt, was das eigentlich für ein Tag war, aber dann sind wir beide nackt, und Joschi weiß, wie er Frauen vom Denken ablenkt. Und genau das will ich jetzt.

4:04 Uhr: Wir liegen im Bett, unser Atem geht schnell. Mein Körper klebt am Bettlaken. Joschi dreht sich zu mir um und fährt mit seinem Zeigefinger sanft über meine lange Narbe am Rücken, die vom Freibadzaun stammt. Er fragt nicht, woher ich die Narbe habe, aber ich weiß auch so, dass Joschi ein Mann ist, der Frauen mit Narben aufregend findet.

– «Marlene», fragt er, «muss ich heute eigentlich wieder mitten in der Nacht gehen?»

Ich nicke.

– «Dann gehe ich jetzt, aber nur, wenn du mir versprichst, dass wir uns bald wiedersehen. O.k.?»

Ich verspreche es ihm und weiß dabei nicht mal, ob es wirklich eine Lüge ist. «Aber ich bin bald eine Zeitlang, äh, weg.»

– «Warum?», fragt Joschi. «Marlene, du bist doch nicht etwa eines dieser Endless-Summer-Mädchen?»

«Was ist ein Endless-Summer-Mädchen?», will ich von Joschi wissen.

– «Ganz Tinder ist voll davon», sagt Joschi. Er erklärt mir, dass das Frauen sind, die auf ihren Profilfotos ein Surfbrett unter dem Arm tragen. Ihre Hashtags lauten #endlesssummer oder #träumenichtdeinlebensondernlebedeinentraum.

Ich sage Joschi, dass ich weder surfe noch auf Tinder bin. Joschi atmet auf und sagt, ich solle mich melden. Dann zieht er sich an.

«War schön mit dir», sage ich ihm zum Abschied.

– «Klau mir nicht meine Sprüche», entgegnet Joschi.

Dann bin ich allein und überlege, duschen zu gehen, entscheide mich aber dagegen und lege mich noch mal hin. Das Bett riecht nach Joschi und Sex.

Am nächsten Tag erwische ich mich dabei, wie ich Joschis Namen google. Er arbeitet am Schauspielhaus als Beleuchter. Als ich Incis Schlüssel im Schloss höre, klappe ich sofort den Laptop zu. Was ist bloß los mit mir? Ich muss packen, und ich habe schon genug zu tun mit einem Mann, der mich viel früher sitzenlassen hat. Ich habe keine Kapazitäten für irgendwelche Joschis.

Goa Freaks

Leonie fährt mich am nächsten Tag mit Kais altem Volvo zum Flughafen. Ich erzähle ihr von dem Streit mit Oleg und von Mücke. Von Joschi erzähle ich ihr nicht. Wir trinken Kakao mit Sahne und Streuseln in einem dieser überteuerten Flughafencafés, obwohl das im Sommer ein seltsames Getränk ist, aber Leonie hat jetzt eben manchmal sonderbare Gelüste. Sie meint, ich solle Oleg schreiben und mich entschuldigen. Wahrscheinlich habe er sich einfach extrem zurückgewiesen gefühlt. Ich solle in Indien außerdem aufpassen, was ich esse. Eine Kundin von ihr habe sich da seltsame Würmer eingefangen. Ich müsse daher nach der Reise dringend meinen Stuhlgang untersuchen lassen. Und mir in Indien ausschließlich mit Mineralwasser die Zähne putzen. Nichts davon werde ich machen.

Dann erzählt sie mir von einem Ratgeber übers Elternwerden, den sie gerade liest, und ich muss ein Grinsen unterdrücken, weil es wirklich witzig ist, dass meine alte Freundin Leonie-Kimberly, dieses wilde, wütende Mädchen von damals, jetzt Elternratgeber wälzt.

In dem Ratgeber stehe jedenfalls, das Wichtigste sei, einem Kind in den ersten Jahren das Urgefühl mitzugeben, dass man immer da sei. Das Kind müsse verstehen, dass seine Eltern niemals weggehen. Da habe sie an mich denken müssen. «Dein Vater», sagt sie, «hat dir dieses Vertrauen bestimmt niemals vermittelt.» – «Nein», antworte ich. «Das hat er nicht.»

Dann bringt mich Leonie noch bis zur Sicherheitskontrolle und winkt. Auf dem Weg nach Paris hole ich das zerfledderte *Siddharta*-Buch aus meinem Rucksack und versuche, ein paar Seiten zu lesen. In der Schule hat man uns zu *Narziss und Goldmund* gezwungen, *Siddharta* kenne ich nicht. Das Buch handelt, was nicht sonderlich verwunderlich ist, von Siddharta, Sohn eines Brahmanen (Mitglied der obersten Kaste der hinduistischen Gesellschaft), der sich aufmacht, um nach Erkenntnis zu suchen. Ob mein Vater eine Art Siddharta war, denke ich, als wir in Paris zwischenlanden. Ich habe zwei Stunden Zeit, bis mein Anschluss geht, also laufe ich durch den riesigen Flughafen, kaufe mir eine Cola, setze mich gegenüber von Hermès und beobachte die Frauen, die sich diese unfassbar teuren Sachen tatsächlich leisten können und dabei so beiläufig mit den orangen Tüten den Laden verlassen, als kämen sie gerade vom Discounter.

Auf dem Flug von Paris nach Mumbai falle ich in einen langen Schlaf und wache, erst kurz bevor die Maschine mit einem Ruck auf die Landebahn trifft, wieder auf. Das Erste, was ich denke, ist, dass ich das miese Flugzeugabendessen verpasst habe, was mich seltsam traurig stimmt. Im nächsten Flugzeug gibt es Reis mit Hühnchen, es wird viel

Reis mit Hühnchen geben in der nächsten Zeit, aber das weiß ich da noch nicht. Viereinhalb Stunden später lande ich in Goa. Es ist Mitten in der Nacht, als ich durch eine wohlige Hitze hindurch in ein klimatisiertes Taxi einsteige und mich nach Anjuna fahren lasse. Erstaunlicherweise habe ich jetzt kaum noch Angst, es fühlt sich alles überraschend richtig an. Ich glaube, dieses Gefühl hat man oft, wenn man etwas macht, was man schon oft gedacht hat. Das Taxi bremst hart ab. «Miss, Miss?» Der Fahrer zeigt in die Dunkelheit. Ich sehe nichts, aber er ist sich sicher, dass ich da lang muss. Also steige ich aus.

Zu der Hütte, die ich für zwanzig Euro die Nacht gebucht habe, führt ein schmaler dunkler Strandweg. Der Weg wird von Palmen gesäumt, die der Wind so gebogen hat, als würden sie an einem Krückstock gehen. Das Meer ist so nah, dass ich die Gischt im Gesicht spüre. Die Rezeption ist eine kleine zusammengezimmerte Bude, in der es nach Räucherstäbchen riecht. Ein müder Inder in einem Ronaldo-Trikot überreicht mir einen Schlüssel mit einem speckigen Holzanhänger und sagt, dass das Internet kaputt sei. Und der Kühlschrank. Und falls das Klo nicht richtig abziehe, solle ich den Spülkasten öffnen und den kleinen Hebel bedienen. Ich wanke ins Bett. Das Letzte, was ich höre, ist das Rauschen des Meeres, das Surren der Klimaanlage und, ganz leise, das Wummern von Trancemusik. Das Erste, was ich höre, ist das Kotzen eines Nachbarn oder einer Nachbarin, ich tippe auf Letzteres. Es klingt wie ein Frauenkotzen.

6:38.

Ich schiebe den schweren Vorhang vom Bett aus zur Seite und schaue auf zwei Kühe, die eine Mülltonne umgestoßen haben und jetzt im Sonnenaufgang deren Inhalt fressen. So sieht also das Paradies aus.

Gegen acht habe ich mich lange genug hin und her gewälzt. Ich dusche und gehe runter zum Strand. Weil ich *mit Frühstück* gebucht habe, gibt es Pancakes, die internationale Chiffre für Billigfrühstück. Die Pancakes schmecken nach nichts, was ich gut finde. Wenn die Touristen schon kein indisches Frühstück essen, ist es nur fair, wenn sie dafür mit Geschmacklosigkeit bestraft werden. Der Kellner schaut mich an und fragt: «Are you travelling alone?»

Ich nicke.

– «I am married», sagt der Mann, als hätte ich versucht, ihm Avancen zu machen.

– «Beautiful wife, three kids», fährt er fort. Dann zeigt er auf mich.

«No husband, no kids!», sage ich.

Er schaut mich mitleidig an. «No regrets», füge ich hinzu. Dann zeigt er auf die Kuh, die immer noch Müll frisst, und sagt: «Holy!» Er erklärt mir, dass Kühe in Indien heilig seien, aber das weiß ich schon von *Terra X*. Ich würde aber wirklich gerne wissen, warum die Inder ihre Heiligen Müll fressen lassen. Man stelle sich mal Gott vor, wie er vor einer Schüssel Müll sitzt. Aber weil ich niemanden beleidigen möchte, sage ich das besser nicht.

– «Die Mütter aller Kühe nennen wir Kamadhenu, die Wunschkuh», sagt der Mann noch.

«Was kann die Wunschkuh?»
– «Well, Wünsche erfüllen. Was wünschen Sie sich denn, Miss?»
«Meinen Vater besser zu verstehen.»
– «Dann soll es so sein», sagt der Mann.
Und der Himmel reißt auf, und die Morgensonne legt einen dramatischen Auftritt hin.

Zu der Zeit, als mein Vater nach Indien kam, gab es den Flughafen in Goa noch nicht. Er flog nach Mumbai und trampte, auch wenn Mücke sich nicht mehr daran erinnern kann. Meine Mutter konnte es.

Anjuna war sein Sehnsuchtsziel. Dort hingen nackte Hippies ab, die Straßen waren kurvig, schmal und staubig, und die Tranceparty galten als die besten im Land. Viele der Hippies verdienten ihr Geld damit, Kokain nach Indien zu schmuggeln, und bauten sich davon Häuser. Heute sind die Straßen nach Anjuna kurvig, breit und staubig, und die Hippies haben sich etwas mehr in Richtung Norden verzogen. Anjuna ist längst kein Geheimtipp mehr, sondern ein Partystrand, der vor allem von den Versprechungen seiner Vergangenheit lebt. Am Strand von Anjuna parken heute Jetskis und Bananenboote. Die Welt meines Vaters gibt es hier nicht mehr. Ich frage mich, ob mein Versuchsaufbau vielleicht falsch ist. Wippo und mein Vater reisten zusammen durch das Marokko der 70er Jahre, nach Indien kam mein Vater Anfang der Achtziger. Vieles von dem, was er damals gesehen hat, gibt es nicht mehr. Aber als ich vor den jahrtausendealten Stadtmauern in Essauoira saß und weinen musste, hatte ich ja trotzdem das Gefühl, etwas mehr zu verstehen. Im Zweifel mich selbst. Und vielleicht geht es ja vor allem darum.

Nach dem Frühstück laufe ich rüber ins Café Liliput, wo bis heute die größten Partys in Anjuna gefeiert werden, und genauso riecht es im Bauch des Holzhauses auch. Ein Mann mit weißen Haaren sitzt unter einer LED-Lampe in der Ecke, raucht einen Joint und brummt irgendetwas. Ich verstehe nicht, was, aber zumindest ist er nicht tot.

Ich setze mich zu ihm und sage: «Hallo, ich suche Leute, die meinen Vater kannten. Können Sie mir weiterhelfen?»

Der Mann mustert mich von oben bis unten und seufzt: «Oh, Kid!»

Vielleicht hält er mich für völlig verrückt, aber darauf kann ich schon lange keine Rücksicht mehr nehmen, also hole ich das Foto meines Vaters aus der Tasche und sage: «Hier, das ist er!»

Der Weißhaarige sagt wieder: «Oh, Kid!», aber nimmt es in die Hand. Dann fragt er mich auf Englisch, ob es mir um Unterhalt ginge.

«Was?»

– «Möchtest du Unterhalt von diesem Mann einklagen?»

Ich schüttele den Kopf.

Gut, gut, er sei da nämlich selbst nicht das beste Beispiel. Und er wolle keinen Ärger hier.

Es geht nicht um Unterhalt, verspreche ich. Bin aber etwas verwirrt.

– «Irgendwelche anderen Straftaten?»
Ich schüttele wieder den Kopf.

Ich solle morgen nach dem Flohmarkt wiederkommen, nach Sonnenuntergang. Dann würde da vorne rechts immer Guru Braindead sitzen. Den könnte ich fragen. Der wüsste alles. Der sei eigentlich schon immer da.

«Guru Braindead?»
Der Weißhaarige nickt.
«Wie sieht der denn aus?»
– «Keine Sorge, den erkennst du dann schon.»

Den Rest des Tages verbringe ich damit, die Mücken in meinem Zimmer zu töten. Wasser einzukaufen. Bier zu trinken. Den Mann an der Rezeption zu bitten, den Kühlschrank, das Internet und die Spülung zu reparieren. Aufs Meer zu starren. Ein Curry zu essen, was meine Geschmackstoleranz bei weitem übersteigt. Mich selbst auszuhalten.

Gegen Abend klopft es an meine Tür, und der Mann von der Rezeption sagt: «Internet geht jetzt für eine Stunde, dann wieder nicht.» Ich habe keine Ahnung, warum das Internet nur so kurz geht, wenn es 24 Stunden am Tag Strom gibt. Aber vielleicht muss man hier nicht immer alles verstehen, deshalb nutze ich die Zeit einfach, um Oleg eine E-Mail zu schreiben.

Lieber Oleg,
Ich bin gut angekommen. Kühe sind hier heilig und
fressen Müll. Wettertechnisch fühlt es sich an, als
würde man unentwegt im Eingangsbereich von
Karstadt stehen. Die Sonnenuntergänge sind dafür

spektakulärer als im Eisenwald. Ich treffe bald Guru Braindead, vielleicht kann der sich ja an meinen Vater erinnern. Hauptsache, irgendjemand erinnert sich an irgendetwas.
Fahr nicht so schnell.

M.

Am nächsten Tag verzichte ich auf die Pancakes und gehe in ein kleines Restaurant, in dem es Reis mit Sauce und Gemüse zum Frühstück gibt. Danach laufe ich noch mal in meine Hütte und schaue nach, ob Oleg geantwortet hat, aber den Gefallen hat er mir nicht getan. Ich kaufe ihm bei den fliegenden Händlern am Strand ein trashiges Batikshirt, dann miete ich mir einen Roller und fahre ein bisschen durch die Gegend, um die Zeit bis zum Sonnenuntergang zu überbrücken. Der Fahrtwind kühlt, nur einmal muss ich anhalten, weil ein Paar vögelnde Wildschweine meinen Weg blockieren. Ich schaue mir den Sonnenuntergang auf einem Berg nahe Anjuna Beach an, dann ist es Zeit, ins Café Liliput zu Guru Braindead zu fahren.

Er sitzt tatsächlich in der Ecke, die der Weißhaarige beschrieben hat. Guru Braindead ist ganz fett und trägt Sandalen und eine Art Lendenschurz, an dem Federn baumeln wie an einem Traumfänger. Sein Bart ist lang und weiß und unten zu einem dünnen Zopf geflochten.

Ich sagte: «Hallo, ich bin Marlene aus Hamburg.»

Er sagt: «Hallo, ich bin Guru Braindead vom Mond.»

Ich habe Mücke überlebt, da wird mir Guru Braindead vom Mond auch nichts anhaben können, denke ich und krame das Foto meines Vaters aus der Hosentasche. Vielleicht muss man diese ganzen Spinner mit ihren eigenen Waffen schlagen.

«Das ist mein Vater», sage ich also. «Er ist im Himmel. Aber vorher war er hier. Er verbrachte mehrere Monate mit den Goa Freaks in Anjuna Beach. Kennst du ihn?»

Guru Braindead nimmt das Foto und hält es sich so dicht vor die Augen wie ein Brennglas.

Er wedelt mit der Hand. Ich kann die Geste nicht sofort deuten.

– «Bier», sagt Guru Braindead. Ich kaufe also zwei Kingfisher. Guru Braindead greift nach seinem Bier, noch bevor ich es auf dem kleinen Holztisch abstellen kann. Er schluckt und brummt, und ich warte ab. Ich habe noch nie einen Menschen so lange auf ein Foto glotzen sehen wie jetzt Guru Braindead. Ich dachte immer, man erkennt eine Person entweder, oder man erkennt sie eben nicht. Guru Braindead aber studiert das Foto wie einen dicken Bildband. Zwischendurch knallt er seine leere Bierflasche auf den Tisch und ruft:

– «Noch eins!»

Es dauert sechs Biere lang, bis Guru Braindead sagt:

– «I know this guy. Seine Eltern haben Würste gemacht.»

«Därme», sage ich.

– «Oder so», brummt Guru Braindead. «Därme sind ja auch Würste, irgendwie!»

Ich nicke. Vielleicht weiß der alte Mann ja wirklich was.

«Was noch?», frage ich.

– «Wir haben eigentlich nur einmal länger miteinander gesprochen. Da hat er mir erzählt, dass sein Alter wollte, dass er die Wurstfirma übernimmt. Der Alte war brutal. Hat ihn immer nur fertiggemacht. Ich habe deinem Vater geraten hierzubleiben. Er war dafür gemacht, durch das Universum zu reisen. Er war ein Astronaut. Er war wie wir. Und glaub mir, ich kann das einschätzen, denn ich komme vom Mond.»

Mon Dieu. Ich muss ein Augenrollen unterdrücken.

«Hat er erzählt, dass er ein Kind hat?»

– «Nein», sagt Guru Braindead. Von einem Kind und einer Ehefrau habe er nichts erzählt. Das wüsste er sicher noch.

Und als ich «Sicher?» frage, zeigt Guru Braindead wieder Richtung Theke.

Nach dem siebten Bier erzählt er von Alice aus Schweden, die hier jeden kennt und bei der mein Vater mal eine Weile gewohnt hat, und das *lived* spricht er so aus, dass sehr deutlich wird, dass es sich nicht nur um eine Wohngemeinschaft gehandelt hat. Alice ist laut Guru Braindead eine Ikone der Goa Freaks, sie bewohne etwas weiter nördlich ein buntes Haus, in Arambol. Das erste Haus mit fließendem Wasser, sagt Guru Braindead. Alice würde sich sicher auch noch an meinen Vater erinnern, sagt er weiter und zwinkert mir dabei so blöde zu. Sie habe als Mannequin und Stewardess gearbeitet und in den 70ern kofferweise Kokain und LSD nach Goa gebracht. Sie sei die Drogenbaronin der Lüfte gewesen. Die angstfreie Alice. Und so schön noch dazu, sagt Guru Braindead und rülpst. Er stützt die Hände auf den kleinen Holztisch, sodass die leeren Bierflaschen klirren. Er gehe mal kurz austreten, sagt er. In der Zeit könne ich ihm ja noch ein Bier holen.

Ich gehe wieder zur Theke und stelle Guru Braindead sein Bier hin. Als er seinen fetten Bauch später wieder in die Ecke hievt, ist sein Lendenschurz ganz nass, und er schüttet sofort Bier nach. Er erzählt, dass er Probleme habe mit der Prostata, deshalb sei das mit dem Wasserlassen nicht immer ganz leicht. Ich möchte keine weiteren Details zu Guru Braindeads Prostata und bitte ihn, mir einfach Alice' Haus auf der Karte, die ich dabeihabe, einzuzeichnen, was er auch macht. Es kostet mich zwei weitere Biere.

Es ist schon spät, als ich das Café Liliput verlasse, und durch die ganzen Biere bin ich sentimental. Meine Gefühle fließen in alle Richtungen, und ich schwitze. Als ich alleine am Meer zu meiner Hütte zurücklaufe und dabei nur auf Menschen treffe, die paarweise unterwegs sind, fühle ich mich wie eine lächerliche, einsame, betrunkene Figur, die durch Goa irrt, und vielleicht bin ich genau das. Eine mittelmäßige Musikjournalistin, die sich nachts in Hamburger Kneipen betrinkt und danach mit Männern schläft, die ihr nichts bedeuten, nur damit ihr niemand weh tun kann, also wirklich. Diese Figur hätte schon Kinder haben und statt über Musik über richtig wichtige Themen schreiben können, wie über Kriege oder Krisen, aber auch das macht sie nicht. Sie rennt hier rum und sucht irgendwelche Wahrheiten über ihren Vater. Aber wer soll die hier bitte haben? Der fette Guru Braindead? Oder dieser andere verfluchte geizige Sack, der seinen achthundert Kindern nicht mal Unterhalt zahlt? Und was wird mich erst bei Alice erwarten? Was habe ich überhaupt erwartet?

Ich lasse mich in den Sand sinken und grabe mir erschöpft eine kleine kalte Kuhle, ein vorübergehendes Grab. In das ich mich hineinlege und ein bisschen schluchze, was niemand hört, weil das Meer viel lauter ist. Gischt besprüht meine Haut. Der Sand klebt an mir. Ich denke an Oleg und unseren Streit und daran, wie gut es hätte sein können, wenn er mit nach Goa gekommen wäre. Und dann mache ich etwas, was ich schon lange nicht mehr gemacht habe: Ich heule mich in den Schlaf.

Am nächsten Tag erwache ich davon, dass eine Kuh an meinem Rock kaut. Ich kenne die Kuh, es ist die Müllfresserkuh. Und ich freue mich, sie zu sehen. Wenigstens ein bekanntes Gesicht.

Die Sonne scheint und überstrahlt alle Zweifel der vergangenen Nacht. Ich klopfe den Sand von meinem Körper, schäme mich für mein Selbstmitleid von gestern Abend und laufe zu meiner Hütte zurück. Die Kuh trabt neben mir her wie ein treuer Freund. Der Kellner vom Frühstück grinst mich an, als wüsste er von etwas, das ich selbst nicht weiß. Auch wenn Guru Braindead ein fetter Sack ist, der sich von mir hat aushalten lassen, war er mir eine Hilfe. Er hat etwas von der Faszination der Leute genommen, mit denen mein Vater sich umgab. Ähnlich wie Mücke. Ich nehme mir einen Tee und einen Teller Obst und verschwinde damit in meiner Hütte. Die Kuh bleibt traurig zurück. «Ich wünsche mir von dir, dass ich gleich Alice finde, hörst du?», sage ich noch zu ihr.

Ich dusche, ziehe mich um und fahre mit dem Roller zu dem Haus, von dem mir Guru Braindead gestern erzählt hat. Das Haus von Alice. Es ist ganz leicht zu finden. Es liegt auf der Anhöhe weiter unten und ist bunt angemalt, genau wie Guru Braindead es beschrieben hat. Er hätte daraus überhaupt nicht so eine Show machen müssen. An der Hauswand steht ein Zitat von Allen Ginsberg: «We're all golden sunflowers inside».

Ich parke den Roller vor der Tür, und mir fällt auf, dass ich kein Gastgeschenk dabeihabe. Aber vielleicht ist das auch besser so, bestimmt finden Hippies Gastgeschenke spießig. Die Tür hat keine Klingel und steht offen. Ich klopfe sehr laut gegen den Rahmen, und sofort kommt eine Frau mit rot gefärbten Haaren in einem langen hellblauen Batik-Gewand und schreit: «Hello Honey», als hätte sie mich schon erwartet. Ich frage sie, ob sie Alice sei und woher sie denn wisse, wer ich sei. «Jemand, der zu mir kommen will», erklärt sie strahlend, nimmt mich an die Hand und führt mich hinein in ein großes Wohnzimmer, auf dessen Boden viele bunte Kissen liegen. Das Haus ist angenehm kühl. Es riecht nach Räucherstäbchen, und Alice begibt sich mit der Anmut einer leicht gealterten Yogalehrerin in den Schneidersitz. Sie ist sehr dünn, hat ganz hellblaue Augen und greift galant nach rechts zu einem Marmoraschenbecher, in dem ein angerauchter Joint liegt, und Alice reicht mir den Joint, an dem ich aus Höflichkeit zaghaft ziehe. Alice fängt an, sich zu wiegen und zu singen, was ich etwas absurd finde, immerhin hat sie Besuch. Als sie kurz aufhört zu singen, sage ich in die Pause hinein: «Ich bin hier, weil ich etwas über meinen

Vater erfahren möchte. Guru Braindead sagte, du hättest ihn gekannt?»

– «Jeder kennt jeden», sagt Alice, «nur uns selbst kennen wir meist viel zu wenig.»

Ich krame sein Bild aus meiner Tasche und lege es vor die sich weiter wiegende Alice.

Während sie es sich ansieht, werden ihre Augen ganz gütig. Sie drückt das Bild an ihre kleinen Brüste. «Mein Schöner», flüstert sie. «Mein Schöner! Weißt du, das war einer meiner Schönsten. Und ich hatte viele Schöne.» Es klingt, als rede sie über ein Dressurpferd, nicht über meinen Dad.

«Aber was genau bedeutet das jetzt, Alice?»

– «Die Bedeutung vieler Dinge erschließt sich uns erst später», antwortet Alice und streicht mir über den Kopf. «Manchmal auch nie.»

«Wart ihr zusammen?»

– «Ach, was heißt schon zusammen», sagt Alice. «Alle Menschen gehören zusammen, aber nie nur zwei zueinander.» Nach einem kurzen thematischen Abschweifen, dessen Kernthese ist, dass Monogamie eine Mär sei, erzählt Alice endlich von den paar Monaten, die sie mit meinem Vater verbrachte, sie glaubt, es waren die zwei vor dem Monsun, aber sicher ist sie sich nicht. Sie hatte meinen Vater auf einer der Vollmondpartys am Strand getroffen, sie nahmen zusammen LSD, und später liebten sie sich lang. Für ein paar Wochen lebten sie zusammen in einer der Hütten, das bunte Haus mit der Klospülung gab es damals noch nicht. Alice erinnert sich noch gut daran, dass mein Vater dem bürgerlichen Leben entfliehen wollte, von einer kleinen Tochter habe er ihr aber nie etwas erzählt. «Dein Vater», sagt sie, «war spät dran, als er kam, waren die wildesten Zeiten eigentlich längst vorbei. Er hatte ein Buch gelesen, das von den Goa Freaks handelte. Am Anfang war noch ein anderer Typ mit dabei, so ein kleiner, ganz hagerer mit Trichterbrust. Aber mit dem war nicht viel anzufangen. Und die Frauen standen auch nicht besonders auf ihn.» Sie muss Mücke meinen. Eigentlich dachte ich immer, dass Hippies alle Menschen lieben, aber die Schönen am Ende offenbar doch noch etwas mehr. Das war ja mit Uschi Obermaier genauso. Alice möchte wissen, warum ich extra nach Indien gekommen sei, statt meinen Vater selbst über diese Zeit auszufragen. Ich erzähle ihr von der Aidsstation und Zimmer 69 und den Jahren davor, in denen wir kaum Kontakt hatten. «Aids also», murmelt Alice, «der Arme.»

Dann steht sie auf und holt aus der Küche zwei Gläser mit Wasser. Sie kniet sich vor mich und sagt, sie könne sich noch besser erinnern, wenn wir jetzt gemeinsam eine Erinnerungsreise antreten würden. Ich verstehe nicht sofort, was sie mir sagen möchte. Alice öffnet ihre Handflächen, in denen zwei gleich große LSD-Pappen liegen, die wie kleine eckige Papierstücke aussehen. Ich will unbedingt, dass sie weitererzählt, nur deshalb öffne ich den Mund. Sie legt mir die Pappe ganz zart auf die Zunge, es schmeckt kurz bitter, aber Alice muss weitererzählen. Und tatsächlich soll man sich durch LSD ja besser erinnern können, das hat mir ein Psychologiestudent mal auf irgendeiner Party erzählt. Also schließe ich die Augen und lehne mich zurück.

Alice erzählt jetzt, dass der Schweizer Chemiker Albert Hofmann die halluzinogene Wirkung von LSD ja in den vierziger Jahren durch Selbsterfahrungen entdeckte. Dazu macht sie Musik an, einen Song namens *Myth of the cave*, und ich schweige und schaue ihr beim Tanzen zu, warte darauf, dass die Erinnerungsreise endlich beginnt.

– «Ahhhh», sagt sie schließlich, «do you feel it? Ich tanze mich im Geiste jetzt zurück zu der schönen Zeit, zurück zum schönen Pepe.» Ich schaue Alice an. Sie tanzt auf mich zu, ihr Gesicht kommt meinem dabei ganz nah. «Ich erinnere mich, oh, ich erinnere mich ganz genau. Dein Vater hat mir so wunderbare Orgasmen beschert», flüstert sie. «Ich danke ihm dafür.» Dann kniet sie sich hin und macht orgasmische Anbetungstanzbewegungen gen Himmel. Eigentlich wollte ich von ihr wissen, wie mein Vater als junger Mann war, stattdessen sprudeln ungefiltert sexuelle Details aus Alice heraus. Einmal, erinnert sie sich, hätten mein Dad und sie es auf dem Rücken eines galoppierenden Pferdes getrieben. Mir ist ganz komisch, aber ich weiß nicht, ob das am LSD oder an Alice' Erinnerungen liegt. Außerdem habe ich Durst. Alice beugt sich wieder zu mir und küsst mich auf die Stirn. «Meine Schöne», sagt sie, «die Schöne vom Schönen. Aber die Allerschönste», sagt sie, richtet sich auf und lacht, «das bin ich.»

Alice' Augen fangen an zu verlaufen. Das Weiß fließt über ihre Wangen und als Alice jetzt den Mund aufmacht, fällt ihre Zunge in Form einer Treppe raus. Ich stehe auf und setze meinen Fuß auf die erste Stufe, dann laufe ich über die Treppe in Alice' Schlund. Ich renne über ihre glitschige Zunge auf das Schwarz ihrer Kehle zu, ihr Zäpfchen vibriert. Plötzlich beginnt es um uns herum zu flimmern und zu knacken, wie während eines alten Films, und tatsächlich kann ich den Anjuna Beach der früheren Jahre jetzt ganz genau vor mir sehen.

Hunderte junge Hippes sitzen mit langen Haaren und hageren Körpern im Sand. Sie feiern eine ihrer legendären Full-Moon-Partys, und der Mond scheint tatsächlich über ihnen. Da vorne hockt der hässliche Mücke im Schneidersitz und dort drüben Guru Braindead, allerdings mit bestimmt 30 Kilo weniger und ohne den langen weißen Bart. Plötzlich galoppiert ein Hengst durch das Bild. Auf dem Rücken des Hengstes sitzen mein Vater und Alice. Es sieht aus wie in einem billigen Porno. Ich laufe auf sie zu und schreie, aber der Hengst hält nicht an, sondern galoppiert davon.

Er ist mir entwischt, aber ich muss ihn finden. Wenn ich Dad jetzt nach Hause bekomme und er mit meiner Mutter nach Berlin zieht, vielleicht gibt es dann noch Hoffnung.

Plötzlich pralle ich gegen eine Wand. Erst jetzt sehe ich, dass die Bilder nur auf eine Leinwand projiziert sind. Was aussah wie ein Film, war einer.

«Neiiiiiin», schreie ich, nehme Anlauf und renne gegen die Leinwand, es braucht drei Anläufe, bis sie mit einem lauten Geräusch in tausend Stücke reißt, aber hinter der Leinwand ist nichts, ich falle ins Schwarze. Erst kurz vorm Eintauchen, so wie früher im Freibad, sehe ich, dass da unten Wasser ist, trübes Wasser, richtig braunes, moderiges Wasser. Es riecht so, wie wenn man Blumen zu lange in der Vase stehen lässt. Ein widerlicher Gestank, in den ich eintauchen muss. Ich kann kaum etwas sehen. Aber da bewegt sich etwas. Vor mir schwimmt eine Diamantschildkröte. Sie sieht aus wie die alte Morla aus der *Unendlichen Geschichte*. Ich tauche zu ihr und klammere mich fest an ihren Panzer, und so schwimmen wir gemeinsam durch das sumpfige Wasser. Dann setzt meine Erinnerung aus.

Als ich aufwache, liege ich nackt unter einem weißen Bettlaken und fühle mich wie von einem Lastwagen überfahren. Vielleicht bin ich im Himmel. Es riecht immer noch intensiv nach Räucherstäbchen, und als ich meinen Kopf drehe, sehe ich durch ein Fenster aufs Meer. Alice kommt durch die Tür. Sie sieht aus wie vorhin, nur dass sie jetzt ein anderes Batikkleid trägt.
 – «Ach, war das nicht schön?», trällert sie. Sie muss irgendwo anders gewesen sein als ich, denn schön war dieser Trip nicht.
 – «Hast du jetzt alles, was du brauchst?»
 «Alice», frage ich, «was ist passiert?»
 Sie erzählt mir, dass ich etwas zu stark getrippt hätte, weshalb sie mir zum Runterkommen einen Joint verordnet habe, danach sei ich eingeschlafen und sie und ihr Freund Gabba-Gunnar hätten mich hoch ins Bett getragen und ausgezogen. In der Nacht seien noch ein paar Freunde zu ihr gekommen und sie hätten unten im Wohnzimmer getrommelt. Ich hätte mich davon nicht stören lassen. Ich schiebe das Bettlaken zu Seite. Ich bin, wie gesagt, nackt.

Alice sagt, meine Klamotten seien etwas verunreinigt gewesen, aber das sei egal, ich könnte natürlich etwas von ihr haben.

Ich traue mich nicht zu fragen, was genau das heißt, ich nehme einfach das weite Kleid, das sie mir hinhält, ziehe es über, verabschiede mich und laufe zur Tür. Alice verfolgt mich. Sie sagt, ich solle mit zum Markt kommen übermorgen und zu irgendeiner Hochzeit, aber ich will gerade einfach nur aus diesem Haus raus, zurück in meine Hütte.

– «Gute Reise, mein Sonnenschein», schreit Alice mir noch hinterher.

Auf dem Weg zur Hütte halte ich an einem kleinen Laden, kaufe drei Flaschen Wasser und trinke sie nacheinander aus. Ich komme an einem Markt vorbei und kaufe dort für Leonie und Kai eine Überdecke aus Kaschmir mit zwei sich küssenden Kamelen. Später schreibe ich Leonie eine Mail, dass Würmer hier das kleinste Problem seien, die viel größere Gefahr sei LSD.

Im Gegensatz zu Oleg antwortet Leonie sofort. Sie schickt Bilder aus einem Geburtsvorbereitungskurs, den sie mit Kai besucht. Ich sehe meine turnenden Freunde und eine gestrickte Gebärmutter und klicke die Bilder sofort wieder weg.

In dieser Nacht bekomme ich von einem Aloo Gobi tatsächlich einen so schlimmen Magenvirus, dass ich in der Dusche übernachten muss. Später träume ich von Würmern. Aber alles ist besser, als noch mal in Alice' Schlund traumwandeln zu müssen.

Apropos Alice: Am nächsten Tag klopft der Mann mit dem Trikot von der Rezeption an meiner Tür und sagt, ich solle ihm folgen. Dann hält er mir einen riesigen Hörer entgegen. Alice ist am Telefon. Ich kann mich nicht mehr daran erinnern, ihr verraten zu haben, wo ich übernachte, aber das LSD scheint in dieser Nacht eh jegliche Kontrolle übernommen zu haben.

Alice sagt, dass es hier ja noch mehr Menschen gibt, die meinen Vater kannten. Falls ich mit ihnen reden will, soll ich morgen zum Sunshine-Stand auf dem Markt kommen. Ich habe ehrlich gesagt keine besonders große Lust, Alice und Guru Braindead bald wiederzusehen, aber weil ich ja eben genau deshalb hier bin, suche ich am Mittwoch nach dem Frühstück den Stand von Alice und ihren Freunden.

Der Stand ist – genau wie Alice' Haus – kaum zu übersehen. Er besteht aus gelb angemalten Tischen, auf denen irgendein bunter Tand ausgebreitet ist. Taschen. Tücher. Gewänder. Schmuck. Dahinter sitzen Alice und ihre Freunde. Alice trägt ein leuchtend pinkes Kleid und einen ausladenden Hut und schreit wieder: «Honey, good to see you!», als sie mich sieht. Rechts neben Alice sitzt Guru Braindead. Er trägt denselben Lendenschurz wie bei unserem letzten Treffen. Links neben ihr sitzt eine Frau, die sie mir als Susan vorstellt und die ihr halbes Gesicht hinter einem Fächer versteckt. Susan, erzählt Alice, habe sogar mal eine Zeitlang mit Uschi Obermaier im Topanga Canyon zusammengewohnt. Sie kenne meinen Vater auch, genau wie John, der gleich noch komme. Ich setze mich neben Susan in den Schatten des Standes und verstehe, warum sie diesen Fächer vor ihren Mund hält. Susan hat Einstichstellen in der Oberlippe, also offenbar eine relativ zeitnahe Botoxbehandlung hinter sich. Zur Begrüßung sagt Botox-Susan, sie hätte auch mit meinem Vater geschlafen. Er sei ein toller Mann gewesen. So verträumt und einfühlsam. Als Alice Susans Kommentar hört, sagt sie, das sei aber nicht mit dem zu vergleichen gewesen, was sie mit meinem Vater hatte. Das zwischen ihnen sei eine ganz besondere Verbindung gewesen. Eine viel tiefere. Susan verdreht daraufhin die Augen. Ich bin froh, dass zumindest Guru Braindead offenbar nichts mit meinem Vater hatte. Den Vormittag verbringe ich mit dem Freak-Trio, und natürlich bittet Guru Braindead mich ein paarmal darum, dass ich Cocktails kaufe, was ich auch tue. «He's a parasite», zischt mir Alice entschuldigend zu und schenkt mir eins der Hippietücher von ihrem Stand, vielleicht als Entschädigung.

Viel Neues erfahre ich leider nicht mehr. Auch John, der wenig später erscheint, weiß nur zu berichten, dass er meinen Vater als interessanten Typen in Erinnerung hat. Er findet es aber ganz toll, dass ich auf seinen Wegen wandele, und spricht von einem Kreis, den ich damit schließen würde. Bestimmt habe das Universum das so für uns beide vorhergesehen.

Als ich an meinem letzten Abend in Indien ein Bier an der Strandbar bestelle, sagt der Kellner:

– «Frau trinken alleine, nicht gut.» Er zeigt auf mein Bier und schüttelt den Kopf.

«Holy cow», sage ich, nehme das Bier und gehe ins Bett. Es wird Zeit für Asien.

Pong

Vor Asien fürchte ich mich am meisten, und das gestehe ich mir auch endlich ein, während ich im Flugzeug mit einer Plastikgabel in einem faden Glasnudelsalat herumstochere und *Fight Club* gucke. Asien war die Reise, die meinen Vater dahingerafft hat. Zumindest hatte sein physischer Verfall dort den Ausgangspunkt. Meiner Mutter hat er nicht gleich erzählt, dass er infiziert war. Er hat es so lange wie möglich zu verdrängen versucht, aber als die Krankheit nach zwei Jahren ausbrach, hat eine Bekannte, die in dem Krankenhaus arbeitete, in das mein Vater ging, es meiner Mutter durchgesteckt. Denn, wie gesagt: Der Eisenwald ist klein und funktioniert nach eigenen Regeln.

Als meine Mutter ihn darauf ansprach, hat mein Vater es erst abgestritten, dann zugegeben. Er sprach von einer schönen Asiatin und einem großen Fehler. Mit dem Fehler meinte er vermutlich nicht, dass er mit ihr geschlafen hatte. Sondern dass er es ohne Kondom getan hatte. Ihr Name, sagte mein Vater, sei Pong gewesen, sie arbeitete in einer Bar auf Koh Samui, am Lamai Beach. Sie war 16, mein Vater doppelt so alt.

Und obwohl meine Mutter mir die ganze Geschichte erst erzählt hat, als ich schon fast erwachsen war, ist mir ein Rätsel, warum mein Vater mit einer Halbwüchsigen geschlafen hat, wenn nicht aus irgendeiner eitlen Geilheit. Mein Vater behauptete zwar immer, mit Pong eine Beziehung geführt zu haben, allerdings eine, in der er ihr auch Geld für die Familie zugesteckt hat. Ich muss an Wippo denken und daran, wie er meinen Vater als einen Menschen beschrieb, der oft Probleme mit der Wahrheit hatte.

Nachdem ich auf dem kleinen Inselflughafen gelandet bin, nehme ich mir ein Taxi zum Lamai Beach. Ich wohne dort in derselben Unterkunft, in der damals auch mein Vater abgestiegen ist. Namen und Adresse habe ich von Wippo. Der war zwar nicht mit auf Koh Samui, kannte aber einen anderen Kumpel von meinem Vater, der damals mit ihm gereist ist. Den Kumpel habe ich in Deutschland angerufen. Er heißt Heiner und ist bereits in Rente. Er konnte sich auch noch gut an Pong erinnern und an die Zeit mit Pepe auf Koh Samui. Heiner hat gesagt: «Pepe hat einfach Pech gehabt. Es hätte auch uns beide erwischen können.» Erst als ich auflegte, habe ich verstanden, dass er damit meinte: Er hätte sich auch infizieren können. Mit Heiner darüber zu reden, in welchem Verhältnis mein Vater und Pong standen, war schwierig. Er nannte es «eine Art Beziehung», in der aber eben auch «Geld geflossen sei». Wie Heiner das erklärte, klang es wie das normalste der Welt. Für mich klang es ziemlich eindeutig nach Prostitution.

In der Anlage direkt am Meer gibt es klimatisierte und nicht klimatisierte Hütten. Die ohne Klimaanlage sind billiger. Aufgrund meiner finanziellen Situation, des Schwindens von Leonies Geld, beschließe ich zu schwitzen.

Die Hütte ist sehr einfach und die Matratzen durchgelegen, aber wenn man die Holzfenster öffnet, kann man aufs Meer sehen. «Take care of your belongings» steht auf der Tür meiner Hütte, mit einem Ausrufezeichen. Es ist unfassbar heiß, deshalb dusche ich kalt, töte drei Mücken, gehe raus zum Strand und laufe ihn entlang, bis zu einer kleinen Bar, an der man etwas zu essen kaufen kann. Der Verkäufer empfiehlt mir den Magic-Burger, aber als er dazu erklärt, dass die Besonderheit des Burgers sei, dass man Cannabis in ihm verarbeitet hat, winke ich ab. Ich habe genug von Selbsterfahrungen unter Drogen. Also bestelle ich die gebratenen Nudeln und einen Cocktail mit Feni, einem Likör aus Cashew-Nüssen. Den Cocktail ziert eine Lotusblüte. Von meinem Barhocker aus kann ich den Strand sehen. Langsam beginne ich, mir in meiner Beobachterrolle zu gefallen.

Am Strand laufen ziemlich viele Proleten entlang. Pöbelnde Männergruppen, die Schalalalala rufen und T-Shirts mit Sprüchen wie «Bier formte diesen Körper» tragen. Manche haben so Karabinerhaken an ihren Multifunktionshosen. Andere haben Bauchtaschen unter ihrem Bauch hängen, wie eine doppelte Fettschürze. Koh Samui ist angeblich die Insel mit dem aufregendsten Nachtleben und den meisten Sexarbeiterinnen. Ich zahle und laufe noch etwas durch Lamai. In fast jeder Bar sitzen junge thailändische Frauen mit großen Augen und kurzen Tops. Der Alkohol ist billig, und aus den Boxen singen Cat Stevens oder Neil Young. Vielleicht, weil sie die Helden der fetten weißen Männer sind, auf die die Frauen warten. Die Frauen lachen viel, und wenn sie etwas sagen, klingt es wie Gesang. Die Frauen sind schön, die Männer meistens nicht. Die Thailänderinnen haben für die weißen Männer ein eigenes Wort, sie nennen sie «Farangs». Es ist auch als Außenstehende nicht schwer, das System zu durchschauen. Setzt sich ein Mann an eine der Bars, begibt sich bald eine der tanzenden Frauen zu ihm. Sie fragt: «What's your name?», «Where do you come from?» und: «Can you buy me a drink!» Von dem Geld, dass die sogenannten «Lady Drinks» kosten, bekommen die Frauen Prozente. Und nach dem Getränk geht es eben oft irgendwann um die Frage, was der Mann noch möchte.

Mein Vater aber war nie fett, er ist nicht alt geworden und hätte niemals Sprüche-Shirts getragen, dafür war er nicht der Typ. Ich bekomme die Bilder nicht zusammen. War mein Vater ein Farang?

Am nächsten Tag miete ich mir für drei Euro wieder einen Roller. Das Knattern des Motors und der Geruch nach Benzin erinnern mich an meine Jugend im Eisenwald und an Olegs Schweigen. Das Geräusch eines Zweitakters lenkt ab und beruhigt mich. Solange ich fahre, lebe ich noch. Ich passiere Buddhas, Schmetterlingsgärten, Elefantenparks, Straßen, gesäumt von Kokosnusspalmen. Ich frühstücke lange, dann gehe ich in eine Wechselstube und hole mir ganz viel kleine Scheine in der einheimischen Währung.

Heute Abend werde ich mit dem einzigen Foto, das Pong und meinen Vater zeigt, versuchen, Pong zu finden. Falls Pong allerdings noch lebt, kann nicht sie es gewesen sein, die meinen Vater infiziert hat. Falls sie tot ist, muss ich ihre Familie finden. Das Foto habe ich von Heiner. Er hat es mir nach langem Bitten zugeschickt. Es zeigt meinen Vater strahlend mit einem sehr jungen Mädchen. Hinten steht «Pepe auf Koh Samui mit Pong» drauf. Es gibt keinen Zweifel.

Ich gehe zu dem Mann, der die Anlage mit den Hütten am Lamai Beach betreibt, und bitte ihn um Hilfe. Ich zeige ihm das Foto und sage: «Ich suche diese Frau.» Dazu drücke ich ihm ein paar Scheine in die Hand. Als er fragt, ob er das Foto leihen könne, zögere ich. Es ist das einzige, das ich von Pong habe.

«I take care», sagt der Besitzer der Anlage. Und ich lasse los.

Zwei Stunden später hängt an meiner Tür ein Zettel mit einem Treffpunkt. Ich soll um 20 Uhr in die Bar Rose kommen. Ich laufe zu dem Besitzer und frage, ob ich dort Pong treffen werde. Er sagt: «Nein. Aber ihre Schwester.» Und als ich «Sicher?» frage, hält er noch mal die Hand auf. Erst als ich weitere Scheine hineinlege, gibt er mir das Foto zurück.

Ich bin viel zu früh an der Bar, die sich auf dem Marktplatz befindet, und setze mich an einen der Plastiktische. In der Hand halte ich mehrere Lotusblüten als Erkennungszeichen. Die Blüten hat mir der Vermittler der Holzhütten mitgegeben. Als ich ihn gefragt habe, ob es schwer war, Pongs Familie zu finden, hat er «Schon» geantwortet, aber ich glaube, dass hat er nur gesagt, damit ich denke, er war sein Geld wert. Ich hatte den Eindruck, er hatte Pong auf dem Foto sofort erkannt.

Pongs Schwester erscheint pünktlich. Sie trägt ein traditionelles hochgeschlossenes Kleid und hat einen Mann mitgebracht, der keine Augen mehr hat und eine Ziehharmonika in den Händen hält. Seine Augen (oder das, was von ihnen noch übrig ist) bleiben geschlossen. Als ich frage, was passiert ist, sagt Pongs Schwester, ihr Mann sei Straßenarbeiter gewesen. Er hätte geschweißt. Eines Tages sei eine Gasleitung explodiert, der Kollege ihres Mannes war sofort tot. Ihm habe man den Kopf mit Mull umwickelt, und als sie den Verband abnahmen, war er blind, und ein Stück von seiner Nase fehlte.

Ihr Mann sitzt während unseres Gesprächs neben seiner Frau, aber er schweigt. Nur ab und an hebt er seine Ziehharmonika und spielt ein paar Akkorde.

Pongs Schwester redet. Sie sagt, sie sei Pongs älteste Schwester. Insgesamt seien sie sechs Geschwister. Zwei Jungs und drei Mädchen.

Pong war ein gutes Mädchen, fleißig, immer fleißig. Sie habe immer Geld gebracht für die Familie, auch für ihren Schwager. Als ich die Schwester frage, als was Pong gearbeitet hat, sagt sie *waitress*, Kellnerin. Sie kellnerte in einer Bar, und weil sie so fleißig war, hat sie viel Trinkgeld bekommen, sehr viel. Und manchmal auch ein bisschen Gold.

Ich krame das Foto, das meinen Vater mit Pong zeigt, aus der Tasche. Als die Schwester es sieht, fängt sie sofort an zu weinen und sagt etwas auf Thailändisch zu ihrem Mann, was ich nicht verstehen kann. Ich warte ein wenig, dann frage ich die Schwester, ob sie den Mann auf dem Foto kennt. Sie schüttelt den Kopf.

– «Pong immer viele Freunde», sagt sie.

«Das ist mein Vater», sage ich, «er ist tot.»

Sie weint weiter.

«Er hat gesagt, er war mit Pong zusammen?»

Die Schwester schüttelt den Kopf.

– «Nein, nein. Pong noch viel zu jung. Nicht verheiratet. Keine Familie.»

Waitress.

Wie fragt man das jetzt? Also, was sie wirklich war?

«Woran ist Pong gestorben?»

«Sie hatte einen schlimmen Husten», sagt die Schwester. «Sie war irgendwann ganz dünn und schwach, und aus ihrem Mund kam Blut.» Sie und ihre Mutter und die anderen Geschwister hätten viel gebetet für sie. Aber sie hätten kein Geld für Medikamente gehabt.

«Hatte sie Aids?», frage ich. «Mein Vater hatte Aids.»

Pongs Schwester antwortet darauf nicht, sie tut so, als hätte ich die Frage nicht gestellt.

«Hatte sie Aids?», versuche ich es erneut.

– «Sie war ein gutes Mädchen», sagt ihre Schwester und lächelt. «So ein gutes Mädchen. Sie hatte diesen schlimmen Husten.»

Es hat keinen Sinn.

Als ich aufstehe und gehen will, fragt mich die Schwester, ob ich etwas Geld für die Arztbehandlungen ihres

Mannes habe und ob sie das Bild von Pong und meinem Vater behalten darf. Sie habe kein einziges Bild ihrer Schwester. Das mit dem Geld fällt mir nicht schwer. Ich gebe ihr einfach alle Scheine, die ich noch in der Tasche habe. Aber das Bild abzugeben fühlt sich an, als würde ich meinen Vater verraten. Aber letztendlich gehört mir das Bild nicht, und meinem Vater gehört es nicht mehr. Alice würde sagen, es gehört alles allen. Und Pong gehört zu ihrer Schwester. Ich nicke.

«Setz dich noch mal», sagt die Schwester und zieht mich wieder auf einen der Plastikstühle. Eigentlich will ich nicht, eigentlich will ich nur weg.

Mein Vater und ich, das wird mir plötzlich klar, wir hätten keine Hoffnung auf ein spätes Wiederfinden gehabt. Selbst auf diesen Reisen entwischt er mir immer wieder. Wenn er sich nicht mit HIV infiziert hätte, wäre er vielleicht irgendwann auf einem schlechten Trip beim Baden im Meer ertrunken, oder er wäre auf einem Motorrad mit zu viel Speed vor einen Lastwagen geknallt wie Dieter Bockhorn. Vermutlich wäre er nicht im Eisenwald geblieben oder bei mir, sondern immer wieder aufgebrochen in der Hoffnung, irgendwo anders etwas zu finden, was ihn glücklicher gemacht hätte. Irgendwann hätte er sich vielleicht auch eine Überdosis von was auch immer in die Venen gejagt. Auf jeden Fall wäre mein Vater niemand gewesen, der im Alter hochzufrieden und weise in einer Hollywoodschaukel gesessen und den Enkeln beim Spielen zugeschaut hätte.

Der Mann ohne Augen nimmt seine kleine Ziehharmonika an den Mund, und Pongs Schwester umfasst meine

Hände, und dann fängt ihr Mann an zu spielen. Und so sitzen wir eine Weile zusammen, als gehörten wir das.

Am nächsten Tag schlafe ich lange. Danach beschließe ich, den Ort mit den Sexclubs zu verlassen. Ich bin dort gewesen, wo das Leben meines Vaters seine letzte große Wendung nahm. Meine letzten zwei Tage möchte ich gerne in einem schöneren Teil der Insel verbringen und nur Sachen machen, die mich nicht an Verfall und Fehler erinnern.

Ich bringe meinen Roller zurück, buche mir ein Hotel in Bophut, einem idyllischen Fischerdorf im Nordosten der Stadt, und lasse mich von einem Taxifahrer dorthin bringen. Es kommt mir so vor, als könne ich damit irgendeine Distanz zwischen mich und meinen Vater bringen. Das Fischerdorf ist nicht weit entfernt vom Flughafen. Dass das Ende meiner Reise bevorsteht, beruhigt mich seltsam. Ich möchte nach Hause.

Nicht weit von meiner neuen Unterkunft entfernt ist ein riesiger Buddha-Tempel, das Wahrzeichen der Insel, und genau das brauche ich jetzt. Irgendeine fröhliche Gottesfigur. Sie ist so gigantisch groß, dass ich sie bereits bei meiner Anreise aus dem Flugzeug gesehen habe. An der Rezeption leihe ich mir einen neuen Roller und fahre dorthin. Der Himmel ist blau, und die riesige goldene Statue, die in das Blau hineinragt, blendet mich fast. Ich parke den Roller und laufe wie ein ganz normaler Tourist die vielen Stufen hoch zu der Buddha-Figur und dem dazugehörigen Tempel. Hinter dem Buddha sieht man den Golf von Thailand. Als ich mir die Schuhe auf der Plattform ausziehe, verbrenne ich mir auf den heißen Steinen fast die Füße und flüchte in die Kühle des Tempels. Es riecht sofort wieder intensiv nach Räucherstäbchen, und ich komme natürlich nicht umhin, an Alice zu denken. Um mich herum beten Thailänder, und Touristen tun es ihnen stümperhaft nach. Die Buddha-Figur ist ein Symbol für Standhaftigkeit, Reinheit und Erleuchtung. Meine Erfahrungen mit Gott sind seit meinen Kindergartenjahren nicht positiver geworden, aber ich beschließe, uns noch eine Chance zu geben, beuge mich vornüber und bitte um Erleuchtung.

Später esse ich auf dem Markt in Bophut zu Abend und fahre danach zurück ins Hotel. Kurz vor dem Hotel halte ich noch mal. Von der Straße aus sehe ich einen schwarzen Buddha auf einem überdimensional großen weißen Schiff sitzen. Davor verharren ganz viele Mönche mit orangen Kutten bei seltsamen Meditationsgesängen im Kerzenlicht. Der Tempel liegt etwas abseits der Straße. Ich nähere mich der Zeremonie ganz leise durch das hohe Gras, ich möchte bloß mal gucken. Plötzlich kommt von irgendwoher ein bellendes Rudel Köter angelaufen. Es sind bestimmt ein Dutzend Hunde, die mich umringen. Ein paar Mönche schauen schon in meine Richtung. Ein kleiner Weißer attackiert knurrend meinen Knöchel, ich versuche noch, ihn wegzukicken, da ist es schon passiert. Ich drehe um und renne humpelnd durch das Gras zurück zum Roller. Blut rinnt in meinen Turnschuh. Die Hunde bleiben glotzend zurück.

Die Wunde besteht aus zwei Bissstellen, beide etwa walnussgroß. Ich fahre ins Hotel und frage an der Rezeption nach Desinfektionsmittel und einem Verband. «No, no, no!», sagt der dünne Thailänder, als ich ihm mein Bein zeige und erzähle, dass ich von einem Hund gebissen wurde. Der Rezeptionist verschwindet und kommt wenig später mit seinem Chef zurück. Der Chef ist ein dicker Italiener, der mir erklärt, ich müsse sofort ins Krankenhaus gebracht werden. Pana, der Mann von der Rezeption, würde mich begleiten. Die Köter am Black Buddha seien nicht zu unterschätzen. Ich finde das so lange übertrieben, bis mir der Hotelchef erklärt, Koh Samui sei Tollwutgebiet. Falls der Hund, der mich gebissen hat, tollwütig war, würde ich ohne Behandlung sterben. Denn Tollwut verlaufe immer tödlich.

Ich folge also Pana, dem dünnen Mann von der Rezeption, und er fährt mich zum Inselkrankenhaus. Während der Fahrt halte ich mich erst an seinem Rücken fest, der so schmal wie der eines Kindes ist. Obwohl ich es eigentlich nicht möchte, muss ich an Olegs Rücken denken.

Im Krankenhaus begleitet mich Pana zur Rezeption und erklärt dem Personal, warum wir hier sind. Wir setzen uns auf eine Plastikbank, und ich denke darüber nach, was passiert wäre, wenn ich nicht Pana gefragt hätte und mich infiziert hätte. Man hätte mir das Antiserum nur bis 24 Stunden nach dem Biss spritzen können. Danach käme jede Rettung zu spät.

Ich muss lachen. Pana schaut mich an, als sei ich bereits dabei durchzudrehen. Aber eine junge Frau, die sich auf einer Reise mit Tollwut infiziert, auf der sie die Prostituierte sucht, die ihren Vater mit HIV infiziert hat, das klingt nun wirklich wie aus einem Roman, denke ich.

Wenig später bekomme ich eine Menge Spritzen direkt

in die offene Wunde gejagt, was genau so schmerzhaft ist, wie es sich anhört. Ich muss tausend Euro bezahlen, die ich mir angeblich von meiner Krankenkasse wiederholen kann, und wenn nicht, wäre das auch mein Ruin. Der Arzt sagt, ich bräuchte dringend noch weitere Spritzen in Deutschland. Ich solle mich an meinen Hausarzt wenden, was ich verspreche. Ich könne nun, nach der Behandlung, in einen grippeähnlichen Zustand geraten, das sei nicht weiter schlimm. Pana fährt mich zurück ins Hotel, da ist es schon spät, und ich bin unendlich müde, aber bevor ich in einen langen Schlaf falle, versuche ich noch mal mein Glück bei Oleg.

Lieber Oleg,
es wäre schöner gewesen, wenn du mitgekommen wärst, o. k.? Ich bin eine Ziege.
Der Hund eines Mönchs hat mich ins rechte Bein gebissen, und ich musste ins Krankenhaus, weil ich nicht gegen Tollwut geimpft bin. Ansonsten gibt es hier so Märkte, da kosten frische Suppen 80 Baht, und man muss drei Tage lang kotzen. Aber ich habe die Familie von Pong gefunden. Pongs Schwester hat einen Mann ohne Augen, der Ziehharmonika spielt. Über Pong selbst gibt es viele Wahrheiten.

Ich erzähle dir alles ganz bald. Bitte sei nicht mehr sauer auf mich. Ich ertrage es nicht.
Deine Marlene

It's tough kid

Ich sehe all die verpassten Anrufe von meiner Mutter, als ich nach einem unruhigen Flug in Bangkok lande und mich gerade für einen Doppel-Whopper auf den Weg zu Burger King mache. Meine Mutter ruft mich sonst nie so häufig an. Ich wähle ihre Nummer, obwohl es in Deutschland mitten in der Nacht ist.

«Mama?»

– «Marlene, wo bist du? Warum rufst du nicht zurück?»

«Mein Handy war aus. Ich bin jetzt in Bangkok, Mama. Ich bin bald zurück. Ich habe Pongs Schwester gefunden.»

– «Ich versuche seit Tagen, dich zu erreichen. Frau Kowalski hat angerufen.»

«Sprich lauter, Mama, die Verbindung ist ganz schlecht.»

– «Es ist was Schlimmes passiert.»

«Was denn, Mama?»

– «Er ist tot, Marlene.»

Oleg rutschte an dem Abend, an dem ich mich mit Guru Braindead betrunken habe und in meinem selbstgeschaufelten Grab in Selbstmitleid versank, bei einem missglückten Überholmanöver bei über 200 Sachen mit seiner Rennmaschine weg und knallte vor einen Brückenpfeiler. Rettungskräfte flogen ihn mit dem Helikopter ins Krankenhaus und hielten ihn eine Woche im künstlichen Koma. Aber es gab keine Hoffnung mehr. Oleg war hirntot. Die Eltern willigten auf Rat der Ärzte ein, die Maschinen abzuschalten.

Meine Mutter sagt, niemand wusste, wohin Oleg wollte und warum er dabei so schnell fuhr, aber wen wunderte das? Niemand wusste je, auf welchem Weg Oleg wohin war. Vermutlich zu einem seiner nächsten Abenteuer.

Ich halte das Handy in der Hand und bleibe stehen, die Menschen um mich herum gehen weiter, drängeln sich an mir vorbei. Plötzlich macht alles Sinn. Oleg hat immer auf meine E-Mails geantwortet, aber auf meine letzten nicht. Ich dachte, er sei vielleicht immer noch sauer, aber er war nicht sauer. Er war tot.

– «Marlene?»

«Ich komm ganz schnell, Mama.»

– «Es tut mir so leid.»

Den Flug von Bangkok nach Hamburg verbringe ich zu großen Teilen auf der Bordtoilette. Eine Stewardess klopft irgendwann an die Tür und fragt mich, ob ich schwanger sei. Als ich mich setzen soll, weil das Anschnallzeichen ertönt, knicken mir fast die Beine weg. Die Stewardess bringt mich zum Platz. Die Frau neben mir schaut mich angewidert an. Sie könnte mich auch fragen, was los ist, und ich würde ihr alles erzählen, und vielleicht würde sie mich dann verstehen. Aber sie fragt nicht. Sie sitzt nur da und schaut Horrorfilme.

Ich warte am Gepäckband ewig auf meinen Rucksack, dann nehme ich die S-Bahn nach Hause. Als ich an der Reeperbahn aussteige, scheint die Sonne. Ich will nur duschen, meinen Manta holen und ein paar Klamotten und dann weiter in den Eisenwald fahren. Aber ein Punk sitzt auf einem Stromhäuschen und angelt mit einer Route, an der ein Pappbecher befestigt ist, nach Geld. Der Becher tanzt vor meinen Augen, wie ein Köder. Ich sage ihm, dass ich pleite sei und ein Wrack. Der Punk lacht und fragt: «Wer ist das nicht?» Dann reicht er mir den Arm und zieht mich mitsamt meinem Rucksack hoch.

– «Kannst mitangeln, Schwester!»

Aus lauter Lethargie setze ich mich zu ihm.

Der Punk stellt sich als Mülltonnen-Toni vor.

Es ist es ein komisches Gefühl, wieder hier zu sein. Ich habe Spuren meines Vaters gefunden und Oleg verloren. Aber die Welt schert das nicht. Was würde ich dafür geben, wenn er jetzt auf einem Hinterrad balancierend vorbeifahren würde, während ich hier mit Mülltonnen-Toni sitze und nach Geld angele. Wenn einfach alles wieder in Ordnung wäre. Einfach so wie vorher.

Aber statt Oleg kommt eine Frau aus Richtung Tanzende Türme geschlendert, und diese Frau sieht aus wie Nicole Ludkowski. Ich brauche erst ein bisschen, kneife die Augen zusammen, aber ganz sicher bin ich noch immer nicht. Falls sie es sein sollte, trägt sie weiße Hosen und einen dunkelblauen Blazer, und neben ihr läuft ein Mann in einem senffarbenen Anzug mit rotem Einstecktuch. Der Mann ist bestimmt kein Polizist und erst recht nicht aus dem Eisenwald, und er hat seinen Arm um die

Hüfte der Frau, die wie Nicole Ludkowski aussieht, gelegt, als gehöre sie ihm.

Ich lasse mich nach hinten fallen und lege mich ganz flach auf das Stromhäuschen, damit mich Nicole Ludkowski, falls sie es ist, nicht sieht. Ich will auf keinen Fall mit ihr reden müssen. Ich höre, wie Toni das Paar nach Geld anpumpt, aber es geht wortlos vorbei. Dann mustert er mich, zählt sein Geld, grinst, springt und kommt irgendwann mit zwei kalten Bieren zurück.

– «Trink ma», sagt er und reicht mir den halben Liter wie eine Medizin. Ich nehme das Bier und trinke es aus, ohne einmal abzusetzen.

Dann fällt mir meine Mutter ein. Ich krame mein Handy aus der Hosentasche und schalte den Flugmodus aus. Als ich es ans Ohr halte, bemerke ich, dass mein Ärmel nach Kotze riecht.

Es läutet fünfmal.

«Hallo Mama, hier ist Marlene, ich höre jetzt auf.»

Sie sagt: «Ist gut», als ob ihr das schon vorher klar gewesen sei.

Ich höre an ihrer Stimme, dass sie sich um mich sorgt. Ich soll zu ihr in den Eisenwald kommen. Sie will mich zur Beerdigung begleiten.

«Nur noch eine Frage zu Papa. Die letzte, o.k.?»

– «O.k.»

«Was war er für ein Mensch?»

– «Er war der Beste», sagt sie, «man durfte ihn nur nicht lieben.»

Später

Als ich am Tag seiner Beerdigung im Motorradkorso hupend die Berge des Eisenwaldes hochfuhr, tröstete ich mich mit dem Gedanken, dass Oleg vielleicht wenigstens so gestorben war, wie er gelebt hatte: schnell.

Sein Vater Piotr und ich führten den Zug an. Olegs polnische Verwandten, die extra mit ihren Wohnmobilen angereist waren, schlossen den Zug ab. Der letzte Wohnwagen war dunkelrot, und am Steuer saß Olegs Lieblingstante Aneta.

Olegs Grabstein hat die Form eines Verbrennungsmotors. Dem Sarg folgten bestimmt hundert Menschen. Selbst Bettina, Olegs Ex aus der Psychiatrie, war gekommen, und auch die Frau mit den roten Haaren und der Rennstrecke auf dem Rücken. Es schien, als hätte sich Olegs Tod von ganz alleine bis über die Grenzen des Eisenwaldes hinaus herumgesprochen. Selbst die Typen waren gekommen, die Oleg früher als Freak bezeichnet hatten. Und jeder, wirklich jeder hatte plötzlich eine Erinnerung an Oleg zu erzählen.

Statt eines Kranzes legte ich einen Rennreifen nieder.

Über die Felge hatte ich ein Stück Stoff gespannt, auf der stand: «Oleg Kowalski, du großer Abenteurer, der viel zu schnell fuhr und viel zu schnell von uns ging. Du warst der mutigste Mensch! Trzymaj się zdrowo, mein Freund, Leb wohl!»

Meine Mutter begleitete mich. Sie legte auch einen Kranz nieder und kondolierte den Eltern von Oleg. «Keine Mutter», sagte meine, «sollte ihr eigenes Kind zu Grabe tragen müssen», und natürlich hatte sie damit recht, aber das Leben folgt eben keinen Kalendersprüchen. Olegs Mutter hatte man unter Valium gesetzt, weshalb sie die Zeremonie über einen abwesenden Eindruck machte. Ich beneidete sie darum.

Als der Kiefernsarg in die Erde gelassen wurde, hielt sie meine Hand, und dann spielten sie *T.N.T.* von AC/DC maximal laut, was Olegs polnische Verwandtschaft sowie die Grabträger kurz irritierte. Aber ich hatte ihnen geschworen, dass es Olegs Lieblingslied war.

Nach der Beerdigung gab es im Haus von Olegs Eltern polnischen Windbeutelkuchen und Kaffee. Danach bestand meine Mutter darauf, mich mit zu sich nach Hause zu nehmen, aber ich weigerte mich, und irgendwann gab sie auf und fuhr allein davon. Ich setzte mich zu einer von Olegs Tanten in den Wohnwagen, der vor der Videothek stand. Er war dunkelrot und hatte selbstgenähte Vorhänge, auf die die Milchstraße gedruckt war. Ich kannte Aneta aus Olegs Erzählungen. Sie war total verrückt, und das hatte sie natürlich dazu qualifiziert, Olegs Lieblingstante zu sein. Aneta war alt und trug ganz lange, samtene Gewänder mit unechten Perlenketten, und ihre dicken

Füße steckten in Hausschuhen mit Pelzbesatz. Sie bot an, mir aus der Hand zu lesen, aber ich lehnte ab. Ich hatte gerade genug mit der Gegenwart zu kämpfen, ich wollte mich nicht auch noch mit der Zukunft befassen. Aneta verstand, und dann tranken wir einfach so viel Wodka zusammen, dass ich mich an den Rest des Abends bis heute nicht erinnern kann.

Leonie, die nicht mit zur Beerdigung kommen konnte, weil sie schon einen Tag über dem Geburtstermin war, tätowierte mir später noch einen Zen-Kreis über die Narbe am rechten Innenbein, die ich trage, seit ich mich am Auspuff von Olegs Rennmaschine verbrannt habe. Leonie sagte, der Kreis sei ein Ensō, ein buddhistisches Symbol der japanischen Kalligraphie, das für Erleuchtung, das Universum und die Leere stehen kann. Sie wollte den Kreis nicht ganz schließen, als Hommage an die menschliche Fehlerhaftigkeit, an das Unperfekte. Ich sagte, der Kreis könne auch einfach ein O sein, O für Oleg. Nur als ich sie bat, noch ein paar brennende Flammen drum herumzumalen, weigerte sie sich mit der Begründung, ich würde das irgendwann ganz bestimmt bereuen.

Ich habe nach langem Suchen auch den Brief für schlechte Zeiten von der Psychologin gefunden. Er steckte im Ordner mit meinen, zugegeben, sehr wenigen Zeugnissen. Es stand nur ein Wort drin:

«Weitermachen.»

Gabriela hatte ich, seit ich aus Thailand zurück war, nur ein einziges Mal gesehen. Was daran lag, dass ich sofort in den Eisenwald gefahren war. Ich traf sie auf dem Transenstrich, als ich einkaufen ging.

Sie fragte mich, ob ich mir in Thailand eine Pingpong-Show angesehen habe, und hatte gute Neuigkeiten. Sie wusste, dass die traurige Lioba in eine Entzugsklinik gekommen war und dass es ihr gutging, was mich wirklich freute. Ich hingegen erzählte ihr von Olegs Tod und von Pongs Schwester. Gabriela umarmte mich, was sie noch nie getan hatte. Wir müssen ein seltsames Bild abgegeben haben: eine über zwei Meter große Transe in einem roten Lackmantel, die an einem grauen Tag eine weinende junge Frau in ihren Armen wiegte. Die Möwen schrien, und die Leuchtreklamen flackerten.

Ein paar Tage nach der Beerdigung rief mich Olegs Mutter Agnes an und fragte, ob ich sie wohl besuchen kommen könnte. Ihr Mann sei gerade in Polen, den Umzug vorbereiten, und sie müsse mir noch etwas geben. Ich fuhr direkt zu ihr in die Videothek, an deren Tür ein «Zu verkaufen»-Schild hing, weil kein Mensch mehr Videos oder DVDs schaute, noch nicht mal mehr im Eisenwald.

Agnes hatte sich pinken Lippenstift aufgetragen, aber die Schatten unter ihren Augen waren so dunkel wie der Ansatz ihrer blondierten Haare. Sie führte mich in die Wohnung, der Kaffeetisch war gedeckt. Der Kaffee schmeckte nach Kummer.

– «Als Oleg noch war, nie Kaffeetisch, immer Arbeit», sagte sie. «Dumm. Mensch ist dumm. Zu viel gearbeitet, Marlene. Aber Oleg nie beschwert.»

Ich seufzte und erzählte ihr von dem Streit, den es gab, als wir uns das letzte Mal sahen. «Wir haben uns eigentlich nie gestritten, Agnes», sagte ich. «Warum an diesem verdammten Tag? Warum ausgerechnet da?» Agnes legte ihre Hand auf meine.

– «So viel *Warum* in diesem Raum», sagte Agnes. «*Warum* macht Mensch kaputt.»

Sie erzählte, dass sie und ihr Mann bald zurückgehen wollten, nach Polen, in die Nähe von Gdańsk. Sie müssten den Ort verlassen, an dem alles an ihren einzigen Sohn erinnerte. Sie hatten in den guten Jahren der Videothek viel Geld gespart, außerdem würden sie das Haus in der Neubausiedlung verkaufen. Von dem Geld wollten sie in Polen ein Hotel am See eröffnen. Es sei ziemlich heruntergekommen, aber sie wollten es renovieren und zu einem schönen Ort machen, zu einem Ort für Familien. Ich müsse unbedingt kommen, man könne dort im Sommer Kajaks leihen, und als ich schwieg, weil mir die Tränen kamen, wie immer, wenn ich, seit Oleg tot ist, an irgendwas mit Abenteuer denke, sagte Agnes:

– «Ich weiß.» Sie legte ihren Kopf schief und redete weiter: «Du immer wichtig gewesen für meinen Oleg. Schade, keine Enkelkinder für mich. Sehr schade.»

«Aber Agnes, wir waren nur Freunde.»

– «Passt gut», sagte Agnes. «Zwei Verrückte passen gut.»

Agnes fragte mich, ob ich noch welche von Olegs Sachen haben wolle. Ich könne mir etwas aussuchen. Ich dachte kurz darüber nach, beschloss dann aber, das Angebot abzulehnen. Ich hätte es nicht ertragen. Also stand Agnes auf, ging kurz raus und kam mit einer Holzkiste wieder.

– «Von Oleg», sagte sie. Als ich fragte, was da drin sei, seufzte sie nur und sagte: «Mädchen, Mädchen.» In die andere Hand legte sie mir einen Schlüssel und Motorradpapiere.

– «Piotr kann Maschine fahren zu deiner Mutter, als Erinnerung. Wir nicht brauchen alle.»

Ich nickte. Olegs Fuhrpark umfasste dreizehn Motorräder, dann fiel mir ein: Es waren nur noch zwölf. Aber trotzdem.

Ich verließ die Videothek mit der Kiste und einer Tüte schlesischer Würste. Agnes versprach mir, ihren Mann zu grüßen, ihre neue Adresse per WhatsApp zu senden und stark zu bleiben.

– «Każdy początek jest trudny», sagte sie an der Tür. Aller Anfang ist schwer.

Am nächsten Autobahnrasthof hielt ich es nicht mehr aus. Ich fuhr rechts ran, parkte vor einer Tank- & Raststätte und öffnete die Kiste. Sie war randvoll mit Briefen. Einige waren schon vergilbt. Ich erkannte Olegs bauchige Handschrift sofort. Nur er malt das M von Marlene wie Kinder eine Möwe. Es waren Briefe an mich. Es waren Dutzende. Sie waren durchnummeriert. Den ersten schrieb er, kurz bevor wir Freunde wurden:

Liebe Marlene,
weißt du eigentlich, wie oft man eine Straße
hoch- und runterfahren kann, bis man sich traut, an
der Tür eines Mädchens zu klingeln?
O.

Den letzten schrieb er drei Tage vor seinem Tod.

Ich weiß nicht, wie lange ich im Auto saß und die Briefe las, aber draußen dämmerte es erst, dann wurde es so dunkel, dass ich die Innenbeleuchtung anschalten musste. Irgendwann öffnete ich die Autotür und stieg aus.

Warum hatte Oleg nie etwas gesagt?

Die Antwort hatte in Brief 148 gestanden:

Liebe Marlene,
ich weiß, dass du denkst, ich sei der mutigste Mensch. Aber das bin ich nicht. Denn das, wovor ich mich am meisten fürchte, das sage ich dir nicht, das behalte ich seit Jahren für mich. Meine größte Angst ist es, dich zu verlieren. Du hast recht, Marlene: Menschen sind Idioten.
O.

Ich lief in den Shop und kaufte mir eine Schachtel Zigaretten. Ich zündete mir eine an, dann wählte ich Leonies Nummer. Es dauerte ewig, bis sie abnahm. Ich sagte ihr, dass ich von Olegs Mutter kam, mit einer Kiste voller Briefe von Oleg. Und dass ich sie auf dem Parkplatz der Raststätte Dammer Berge geöffnet hatte, weil ich es nicht mehr aushielt.

«Es sind Liebesbriefe. Es sind Dutzende, vielleicht Hunderte.»

– «Marlene», sagte Leonie ganz ruhig, «was glaubst du, warum ich ihn am Anfang nicht ausstehen konnte?»

«Du hast es gewusst?»

– «Geahnt, ja.»

«Schon immer?»

– «Schon immer.»

«Warum habe ich das nie gesehen?»

– «Weil du es nicht sehen wolltest», antwortete Leonie.

Es fing an zu regnen. Es kümmerte mich nicht. Ich blieb neben dem Auto stehen und starrte auf die Scheinwerferkegel der heranfahrenden Autos. Oleg Kowalski, mein bester Freund, war in mich verliebt gewesen. Und ich hatte es nicht gesehen. Oder nicht sehen wollen. Weil ich zu sehr damit beschäftigt war, mich bloß nicht in irgendjemanden zu verlieben. Aus Angst, schon wieder verlassen zu werden.

Irgendwie schaffte ich es, die restlichen Kilometer nach Hause zu fahren, aber ich weiß nicht mehr, wie. Abends bin ich in die Schmuckstraße gegangen und habe Gabriela gesucht. Sie stand schräg vor ihrer Wohnung und rauchte. Ich wollte ihr von Olegs Briefen erzählen, aber als ich den Mund öffnete, kamen keine Worte. Nur Wasser. Es rann aus meinen Augen. Gabriela schaute mich an.

– «Waaaaas?», sagte sie. «Was ist?»

Und als ich immer noch nicht antwortete, da schüttelte sie mich.

«Oleg!»

– «Er ist tot», sagte Gabriele, «er ist doch tot!»

Ich schüttelte den Kopf. «Ich weiß, aber das ist es nicht.»

– «Was denn?»

Als ich nicht antwortete, seufzte sie und packte mich an der Hüfte und schob mich bestimmt vor sich her, die

Straße entlang, vorbei an Strichern und parkenden Autos, bis in ihre kleine Wohnung, in der ich zuvor noch nie gewesen war und in der es nach alten Möbeln und Kleidern roch. Sie setzte mich auf einen Drehstuhl und zog mir die Jacke aus, wie eine Mutter ihrem Kind.

– «Vá lá, Marlene!», murmelte sie. Dann ging sie in die Küche und kam mit zwei Gläsern Rum-Cola zurück. Sie legte meinen Kopf in den Nacken, hielt mir die Nase zu, öffnete meinen Mund und goss den Rum hinein. Ich verschluckte mich, hustete und spuckte den Rum über den Tisch.

– «Ist gut», sagt Gabriela, «lebst du also noch. Noch nicht tot. Ist gut.»

Dann machte sie ein Grammophon an und setzte sich vor ihren Schminktisch. Ich sah ihr dabei zu, wie sie die blonde Perücke abnahm und die angeklebten Wimpern. Sie zupfte Feuchttücher aus einer Box und trug sehr lange sehr viele Lagen Schminke ab. Weil ich immer noch nicht wusste, was ich sagen oder machen sollte, saß ich einfach da und schaute zu. Sie wischte sich zuerst die Brauen, dann die Augen, die Wangen, zuletzt den Mund ab. Gabriela streckte sich und nahm die künstlichen Brüste ab. Sie zog die Strumpfhose aus, auch die Stiefel und den Glitzerbody, fasste sich in den Schritt, holte ihr nach hinten abgeklapptes Glied nach vorne, schlüpfte in Jogginghose und Unterhemd und ging in eine kleine, vollgestellte Küche, während Vicky Leandros «Ich liebe das Leben» sang.

Als sie zurückkam, sah sie mich lange an. Die Abendsonne tauchte den Raum in goldenes Licht. Es fühlte sich an, als würden wir uns zum ersten Mal wirklich ansehen.

Gabriela zündete sich eine Zigarette an und warf mir auch eine in den Schoß. Ich rauchte sie gierig.
– «Jetzt du!», sagte sie. Ich verstand. Ich erzählte Gabriela von dem Moment, der alles verändert hatte. Von der Raststätte und der Kiste voller Briefe, die Agnes mir gegeben hatte, und weil ich ein paar davon bei mir hatte, gab ich sie Gabriela. Doch sie schüttelte den Kopf und bat mich, ihr daraus vorzulesen.
– «Ich kann nicht lesen, chica», sagte sie. «Ich bin dieses Analdings.»
«Analphabetin», korrigierte ich sie.
– «Genau.»
Ich trank noch einen Rum, dann schaffte ich es, den letzten Brief zu öffnen, den er vor seinem Tod schrieb.

Liebe Marlene,
du bist eine Ziege. Ich hasse dich. Ich hasse dich, weil ich dich liebe. Und auch, wenn ich dir das nicht sage, hoffe ich, dass du es vielleicht irgendwie weißt.
Denn ich werde nicht gehen. Ich lasse dich nicht allein, Marlene.

Olegs Wörter schwebten durch Gabrielas kleine, vollgestopfte Wohnung. Für einen Moment kam es mir so vor, als wäre er bei uns. Dann weinten wir beide, um Oleg natürlich. Aber ich glaube, ein bisschen auch um mehr. Und dann hatte Gabriela die Idee mit dem Brief.
– «Wir antworten», sagte sie nur.
«Gib mir drei Tage», bat ich Gabriela.
Es wurden 18.

Lieber Oleg,
du hast mir alles beigebracht, was wichtig war.
Driften. Feuer machen. Auf einem Hinterrad zu
fahren. Keine Angst zu haben. Jemanden zu lieben.
Ich wusste, dass es nicht leicht werden würde,
aber es schien mir immer alles leichter, weil es
dich gibt. Oleg Kowalski. Den größten Abenteurer
des Eisenwaldes.
Du bist der einzige Mensch, der mich gesehen hat.
Und das habe ich nicht gesehen. Leonie sagt, weil
ich es nicht sehen wollte. Sie hatte recht. Und du
hattest recht.
Und jetzt bist du tot.
Meine Antwort kommt zu spät, Oleg.
Aber du kennst sie.
M.

Den Brief haben Gabriela, Leonie und ich an fünf zusammengebundenen Silvesterraketen befestigt und in einer sternenklaren Nacht von der Schmuckstraße aus in den Himmel gejagt. Gabriela ist sich ganz sicher, dass Oleg ihn bekommen hat.

Keep on going

Seit kurzem ist die traurige Lioba zurück aus der Klinik. Sie wohnt jetzt bei Gabriela, in der Wohnung mit dem Grammophon, in ihren Armbeugen schimmern die vernarbten Einstichstellen noch bläulich, aber sie nimmt keine Steine mehr, und die Schatten unter ihren Augen verschwinden langsam. Seit sie die Klarheit wieder erträgt, fällt ihr manchmal ein, was sie an ihrem alten Leben mochte. Die Morgensonne, die durch einen Gardinenspalt auf ihr Bettlaken fällt. Das Geräusch, das man hört, wenn man mit einem Hollandrad über eine Holzbrücke fährt. Sie entdeckt den Menschen, der sie einmal war, und erobert ihn jeden Tag ein bisschen mehr zurück. Gabriela und ich sind Zeugen dieser Gesundung. Und wir lieben es. Lioba wird im Oktober nach Frankfurt ziehen und weiterstudieren. Ihr Professor hat ihr angeboten, in seiner Meisterklasse zu bleiben. Es sei aber ihre letzte Chance. Ein Magazin hat sie auch angefragt, sie wollen eine große Schicksalsgeschichte machen. Viele Fotos, ihr ganzes Leben. Aber Lioba hat gesagt, wenn, dann schreibt meine Geschichte nur meine Freundin Marlene auf. Sonst niemand. Ich habe Lioba versprochen, alles aufzuschreiben, sobald ich es wieder kann.

Leonie hat nach 36 Stunden in den Wehen einen Jungen per Kaiserschnitt bekommen. Er kam mit einem roten Irokesenschnitt auf die Welt, weshalb er jetzt auf den Namen Johnny hört – nach Johnny Rotten von den Sex Pistols. Kai hat den Namen seines Sohnes unter den von Leonie tätowiert (über Leonie stehen allerdings schon die Namen *Suse* und *Katinka*, aber so ist es nun mal. Kai sagte, es sei gut, dass die Namen da stehen. Denn das zeige, dass Kai geliebt habe. Und Menschen müssen lieben. Sonst sind sie tot), und außerdem hat er endlich die Scheidung eingereicht.

Kalle hat einen neuen Job gefunden. Er arbeitet jetzt als Toiletten-DJ in einem neu eröffneten Club im Süden der Stadt. Außerdem ist er mit einer Religionslehrerin zusammen.

Bei Inci hat das mit der Liebe hingegen weniger gut geklappt. Ihr letztes vielversprechendes Tinder-Date hat ihr die Krätze angehängt und die 600 Euro, die sie ihm geliehen hat, nicht zurückgegeben. Danach hat sie die App gelöscht. Sie ist jetzt bei Elite-Partner.

Wippo hat mich noch einmal angerufen. Er wollte mir sagen, dass er sich umgehört hatte wegen Bremer. Seines Wissens hätte der eine Drogenpsychose bekommen und sich deshalb umgebracht. Bevor er auflegte, hat Wippo noch gesagt: «Weißt du, Marlene, Pepe war bestimmt nicht immer ein guter Vater, und vielleicht war er auch nicht immer ein guter Mensch. Aber er war ein irrer Typ, und je länger ich über ihn und alles nachdenke, desto mehr fällt mir auf: Ich vermisse ihn.»

Gabriela ist letztes Wochenende 50 geworden, was sie uns gegenüber vergeblich zu verheimlichen versucht hat. Zusammen mit den Transen aus der Taverne haben wir ihr eine Überraschungsparty organisiert. Lioba und ich haben eine Krone gekauft, eine Schärpe genäht und Gabriela unten in der Taverne zur «Miss International Queen» gekürt. Gabriela hat gesagt, sie habe jetzt alles erreicht.

Haus im Wald

Ich selbst habe irgendwann beschlossen, Hamburg zu verlassen: Ich schaute auf die Straße vor meiner Haustür und sah Oleg auf seiner Rennmaschine. Ich wollte an einen Ort, an dem mich nicht alles an ihn erinnern würde.

Agnes sagte sofort zu, als ich sie anrief. Ich könne natürlich erst mal in dem leeren Hotel wohnen. Es sei nicht sonderlich komfortabel und auch noch nicht renoviert, aber direkt am See inmitten eines Naturschutzgebietes. Der nächste Ort sei zehn Kilometer entfernt. Der Schlüssel liege lose im Briefkasten.

Inci beauftragte ich damit, meine Post zu öffnen. Leonie umarmte ich lange. Johnny küsste ich auf die blanke Babystirn. Mit Gabriela rauchte ich noch eine Zigarette. Dann stopfte ich ein paar Sachen in den alten Seesack und fuhr los.

Das Hotel ist ein Holzhaus, umgeben von Wäldern. Im Speisesaal standen die Stühle verkehrt herum auf den Tischen. Die Möbel sind mit Stoffen verdeckt. Der Stromgenerator läuft, aber es dauerte drei Tage, bis das Wasser aus den Rohren nicht mehr roch. Das Haus erinnert ein bisschen an ein altes Landschulheim. Ich bezog ein Zimmer in der obersten Etage, mit Stockbett und Blick auf den See.

Der Schuppen ist voll mit Kram, darunter auch ein paar alte Räder, und im Dorf gibt es einen kleinen Laden, in dem man Zapienka kaufen kann. Manchmal radele ich dorthin, mache Besorgungen und esse Zapienka. Aber lieber bleibe ich für mich.

Ich habe eins der Kanus aus dem Schuppen geholt und repariert. Manchmal fahre ich damit raus auf den See, hole die Paddel ein, lege mich auf den Rücken und lasse mich treiben. Zweimal waren Agnes und Pietro da. Sie haben mir Essen gebracht und Reparaturen gemacht. Sie überlegen, sich einen Jagdhund zu kaufen. Pietro hat mir gezeigt, wie man die Schnüre auf die Spulen der alten Angeln aufzieht und Fische fängt. Im See leben Barsche, Alande und Hechte. Manchmal angle ich jetzt, nehme die Fische aus und grille meinen Fang. Ansonsten passiert nicht viel.

Ich denke nach. Ich schreibe. Ich schaue auf den See. Ich habe kein Internet und kaum Handyempfang. Für eine Verbindung muss ich im Speisesaal auf eine Leiter klettern, ab Sprosse drei kann ich mühsam telefonieren. Meistens rufe ich Leonie zurück. Sie sagt, ich solle wiederkommen, die Leute fragen schon nach mir und ich würde dort, in der Einsamkeit, noch verrückt werden. Aber ich will gerade genau so einsam sein, wie ich bin. Inci hat mir meine gesamte Post nachgeschickt. Als ich den großen Briefumschlag öffnete, fiel auch eine

Karte von Joschi heraus. Sie zeigt Roy Black, hinten steht: «Ach Du …». Nach unserer letzten Nacht habe ich mich nie wieder bei ihm gemeldet, obwohl ich es versprochen hatte. Ich hoffe, er findet bald eine andere Frau. Er hätte es verdient. Auch Lioba hat geschrieben. Es gehe ihr sehr gut und sie habe auf einer Vernissage einen Verleger im Cordanzug kennengelernt. Der Verleger sei sehr interessiert an ihr und an meinem Manuskript. Das *sehr* hat sie zweimal unterstrichen.

Die Laubbäume draußen fangen langsam an, ihre Farben zu wechseln, und morgens sind die Fensterscheiben von innen beschlagen. Irgendwann wird mich die Kälte vertreiben, aber noch wärmt die Sonne tagsüber so sehr, dass man mittags baden und sich auf dem Steg trocknen lassen kann.

Oleg fehlt mir jeden Tag.

Manchmal suche ich ihn mit dem weißen Klappteleskop am Himmel.

Er ist immer der Stern, der sich bewegt.

Epilog

In meinen Träumen steht mein Vater nicht mehr im Sonnendreieck des engen Hinterhofs. Wahrscheinlich, weil er dort nie hingehört hat. Mein Vater sitzt in einem Musikexpress, umgeben von bunten Kirmeslichtern, er reckt die Faust in den Himmel und fährt der Sonne entgegen. Irgendwo zwischen Koh Samui, Goa und dem Eisenwald habe ich ihn gefunden und verabschiedet. Die Karte mit dem Sonnenstuhl habe ich zu einem Boot gefaltet und ins Meer geworfen. Ich brauche sie nicht mehr. Es ist jetzt alles in mir.

Den Buchladen/Coffeeshop, den mein Vater gerne eröffnet hätte, gibt es nicht, aber ich habe seine Geschichte bis in die Buchläden getragen. Ich möchte nicht sein Leben leben, aber ich entspringe ihm, zumindest in Teilen. Wie der Seitenarm eines Flusses. In die Leerstelle, die mein Vater hinterlassen hat, habe ich mehr hineininterpretiert, als wirklich war. Viele Abenteuerreisen sahen vor allem vom Eisenwald aus wie Abenteuer. Die hedonistischen Hippiezeiten in Indien, das Marokko der 70er Jahre, all das gibt es genauso wenig wie vieles, was mein Vater im Eisenwald darüber erzählt hat. Seine Geschichten hat nicht nur er selbst, sondern auch ich größer gemacht, als sie waren. Wir haben es beide so gewollt. Am Ende ist die Geschichte meines Vaters keine Heldengeschichte geworden, weil mein Vater eben kein Held war. Aber die meisten Menschen sind keine Helden. Auf manche meiner Fragen habe ich Antworten gefunden, auf andere nicht. Manche Fragen sind damit selbst zu einer Antwort geworden. Ich glaube, dass mein Vater mich geliebt hat. Aber das Leben noch mehr.

Wenn ich mir noch etwas wünschen dürfte, dann wäre das ein letzter Abend mit ihm. Ich würde ihm von Guru Braindead erzählen und von Wippo, der sich noch an Marokko erinnern kann, als wäre es gestern. Ich würde ihm aber auch von Mücke erzählen, der seine Wasserschildkröten mit *Chappi* füttert und immer wieder dasselbe sagt, wie eine Platte mit Sprung. Ich würde ihm sagen, dass ich Pongs Schwester gefunden habe, ihren Ehemann ohne Augen und dass ich nie wieder mit Alice LSD nehmen werde. Und ich würde ihm von Oleg erzählen, den ich verloren habe, bevor ich wusste, dass ich ihn liebe.

Wenn die Nacht zu Ende ist, würden wir auseinandergehen. Eine letzte Umarmung und das Gefühl, den nur ein Abschied hinterlässt, der für immer ist. Draußen wäre es schon hell, und ich würde mich nicht mehr umdrehen. Irgendwann dreht man sich nicht mehr um.

Dank

Ich danke der Hamburger Kulturbehörde für den Förderpreis und das Schloss in Südfrankreich. Ich danke DW Gibson und dem Ledig House in New York für die Schreibtische mit Aussicht. Debby für das Haus in Brooklyn, den Bourbon und die Goa Freaks. Ich danke Barbara Laugwitz, die mich zu Rowohlt geholt und zu einer Buchautorin gemacht hat, das vergesse ich ihr nie. Ich entschuldige mich hiermit bei meiner Lektorin Diana Stübs für tausend durchkreuzte Deadlines. Danke für den Fascinator, all die Wodkas und redigierten Seiten – ohne dich hätte ich das nicht geschafft. Danke, Amrai, Özlem und Caterina, ihr seid meine Musen. Ich danke Aicha, Meral, Hannah, Pauline Mira, Martin Paas und dem Universum für die Kreuzung, an der ich Kaya und Clara traf. Ralf Heimann danke ich, weil er mein bester Freund ist (aber bitte schick mir keine gerahmten Nacktfotos mehr von dir zum Geburtstag). Danke, Mama. Danke, Ria, Isabell und Onkel Stephan Maus. Dem Wilberg danke ich für den Wahnsinn. Alex für die alte Freundschaft. Und zum Schluss und am meisten danke ich dem dünnen, blassen Boy, weil er *True Love* ist.

Inhalt

Prolog: Loch im Kopf 9

TEIL I
Eins 15 Zwei 23 Drei 30 Vier 37
Fünf 44 Sechs 54 Sieben 58 Acht 67
Neun 76 Zehn 84 Elf 90 Zwölf 96
Dreizehn 102 Vierzehn 112 Fünfzehn 120
Sechzehn 125

TEIL II
Marokko 135 Mücke 151
Goa Freaks 177 Pong 198 It's tough kid 210
Später 214 Keep on going 225 Haus im Wald 228

Epilog 231
Dank 235

Das für dieses Buch verwendete Papier ist FSC®-zertifiziert.